LE
COMITÉ DIRECTEUR;

PAR

Jules Scandinave.

Paris,

CHEZ TOUS LES MARCHANDS DE NOUVEAUTÉS.

1830.

LE

COMITÉ DIRECTEUR.

PARIS, IMP. DE GAULTIER-LAGUIONIE,
HÔTEL DES FERMES.

LE
COMITÉ DIRECTEUR,

PAR

Jules SCANDINAVE.

Le bon vieux temps est de retour !
Ressuscitez , aimables oubliettes !
Crénaux, fossés, ponts-levis et verroux !
Droits féodaux, d'aînesse et de fillettes !
Et, pour nouer encor des aiguillettes ,
Exhumez-vous, séduisans loups-garous !
Ressuscitez , saintes croisades !
Étincelez, poignards et croix !
Immolez-nous, sanglantes dragonnades ,
Une hécatombe d'Albigeois !

(FRAGMENT INÉDIT.)

Première édition.

PARIS,

CHEZ TOUS LES MARCHANDS DE NOUVEAUTÉS.

—

1830.

PRÉFACE.

Le comité-directeur, annoncé dans les journaux dès le 10 novembre dernier, était sous
presse avant la démission de M. de Labourdonnaye, offerte et acceptée le 19. Ce nom ne
pouvait être supprimé dans l'ouvrage sans que
la couleur en fût altérée. L'attitude plus chan-
celante encore du ministère, après la retraite
de *l'homme de sang*, donnait lieu d'espérer
qu'un exemple si salutaire pour la France serait suivi, qu'un mouvement volontaire ou
imprimé viendrait bientôt coter à vingt mille
francs l'ostracisme de chacun d'*eux*. Le *comité-
directeur* perdait alors tout-à-coup une partie
de l'intérêt d'à-propos qu'il renferme. Mais
j'eusse préféré faire le sacrifice de quelques

veilles et d'un succès que je devrai peut-être à la circonstance, et que l'hydre ministérielle, comme un fœtus mort-né, fût rentrée quelques mois plus tôt dans le néant.

JULES SCANDINAVE.

LE
COMITÉ DIRECTEUR.

ACTE PREMIER.

SCÈNE PREMIÈRE.

CHARENTON.

(Le salon du directeur.)

LE DIRECTEUR, assis à une table couverte de journaux.

Allons, encore de l'exagération! en vérité je
ne puis concevoir comment une tête d'homme
n'éclate pas, perdue dans ce chaos, aventurée au
milieu de ce choc d'animosités inexplicables, de

I

cette lutte d'exaspération! formez-vous donc une opinion entre deux feux-roulans de clameurs et de menaces! il y aurait de quoi en devenir fou!... et si je n'avais à chaque instant les yeux sur moi-même, vu ma position locale, il ne faudrait pas grand'chose pour enhardir à cet égard les conjectures. Eh! messieurs, que vous demande-t-on? raisonnez et l'on s'entendra! le plus souvent!... ce serait exiger qu'un fou... et pourquoi non? voilà pourtant ce qui arrive. Où la raison va-t-elle se nicher? à Charenton, messieurs. Voulez-vous prendre part à une conversation paisible et de bon ton, à une discussion calme et éclairée et insensiblement à un accord parfait sur la situation de notre pays, à une fusion d'avis unanimes, en un mot, à une douce harmonie de sentimens et de partis? venez dans mon salon, risquez-vous parmi mes administrés. Je me suis vu forcé d'en venir là pour m'orienter. Je n'avais pas d'opinion, il m'en fallait une; le moyen, après tout ce que je viens de dire! je n'aurais pas dû sortir de ma sphère, j'y rentrai, je revins à Charenton... et j'eus la folie de m'imaginer que je trouverais chez quelques uns de mes administrés, dans leurs intervalles lucides, ce qu'il m'avait fallu tant de pas et de vaines recherches pour ne pas rencontrer chez d'autres fous... qui n'ont jamais d'intervalles. (Appelant.) Laurent!

(Entre Laurent.)

LAURENT.

Monsieur!

LE DIRECTEUR.

Ces messieurs vont-ils venir?

LAURENT, tirant sa montre.

Oùi, monsieur, voici l'heure de leur bon moment qui approche... et, tenez, je les entends. C'est drôle, ils ont déménagé plus tôt que de coutume.

LE DIRECTEUR.

Introduis-les et n'importe qui me demande, du dehors ou de l'intérieur, je n'y suis pour personne. (Laurent sort.)

LE DIRECTEUR, se frottant les mains.

Je vais politiquer maintenant tout mon soûl!

(Entrent les fous.)

LE DIRECTEUR, allant les recevoir.

Soyez les bien-venus. (Tous les fous saluent le directeur en silence et s'emparent chacun d'un journal. On s'asseoit.)

PREMIER FOU.

Ah! pourtant nous en avons fini avec ce projet de loi des communes!

I.

LE DIRECTEUR.

Ah! c'est donc fini!

DEUXIÈME FOU.

Oui. A la révolution! criait le Constitutionnel... si on l'accepte.

TROISIÈME FOU.

A la révolution! hurlait la Gazette... si on ne l'accepte pas.

LE DIRECTEUR.

Eh bien! qu'en résulte-t-il?

PREMIER FOU.

Que le projet de loi est retiré et qu'il n'y a pas de révolution.

DEUXIÈME FOU.

Monsieur de Martignac est noir comme un jésuite, disait l'un!

TROISIÈME FOU.

Monsieur de Martignac est blanc comme un ange, disait l'autre!

LE DIRECTEUR.

Lequel des deux?

PREMIER FOU, avec calme.

Ni l'un ni l'autre. Pourquoi ces extrêmes? Monsieur de Martignac n'est pas un ange, mais ce n'est pas non plus un jésuite; il pourrait être meilleur, mais il n'est pas mauvais; il pourrait

avoir plus d'esprit, mais ce n'est pas une bête :
on s'acharne après lui, on demande avec la
même frénésie l'apothéose et la chûte de l'idole !
que l'on prenne garde, il faudra la remplacer, cette
idole ! Eh ! messieurs, rappelez-vous la fable des
grenouilles.... monsieur de Martignac ! monsieur
de Martignac !... contentez-vous du soliveau, de
peur d'avoir une grue.

PREMIER, DEUXIÈME ET TROISIÈME FOU.

Il a, ma foi, raison.

LE DIRECTEUR.

A la bonne heure, au moins ; voilà mon opinion qui se forme.

DEUXIÈME FOU, avec calme.

Et puis on crie : à la révolution ! connaissez-
vous la valeur des mots ? savez-vous apprécier
celui-là ?... c'est, avec *humanité*, le plus beau
mot de la langue. Mais vous ne voyez qu'une espèce de révolution, la nôtre, la révolution fran-
çaise ; et encore non pas toute comme elle fut,
mais en partie comme elle a été ; vous ne voulez
pas mettre dans la balance à côté du mal, le bien
immense qu'elle a produit ; il n'est pas étonnant
qu'elle vous apparaisse alors comme un monstre ;
vous n'avez dans les yeux qu'une couleur : boue
et sang !... et vous venez crier : à la révolution !

mais on en a assez de la vôtre, on n'en veut plus !
et, Dieu merci, nous en sommes bien loin : d'ailleurs, vous le savez comme moi, et vos clameurs,
entre nous, ne sont que des ruses de guerre, des
stratagèmes de parti; la France n'a jamais été
plus calme, plus tranquille. Il y a bien encore
quelques arriérés du bon vieux temps qui nous
y rameneraient volontiers, quelques fanatiques
qui armeraient volontiers leur main droite d'un
poignard, pourvu que dans la gauche ils eussent
une croix ; mais nous avons un gouvernement constitutionnel et monarchique, nous possédons une
charte et un roi.

TROISIÈME FOU, avec calme.

Et un roi bon et généreux qui finira par distinguer la vérité à travers l'entourage et le brouil-
lard. Laissez faire au temps : vous excuseriez vos
propres erreurs et vous seriez sans indulgence
pour celles d'un monarque, vous qui n'avez que
votre pauvre machine ambulante, ou tout au plus
votre maison à gouverner, tandis que lui régit
trente millions d'hommes ! Souffrez qu'il soit
vous avant d'être lui, qu'il soit homme avant
d'être roi. A moins de suivre les traces des tyrans,
un roi ne peut vouloir que le bien de son peuple;
il a par conséquent de bons ministres à choisir :

mais il n'est pas infaillible! il n'est pas Dieu!...
on lui crie: *prenez celui-ci! prenez celui-là!* il
opte et on dit qu'il se laisse influencer: il les
écarte tous deux, il ne prend conseil que de lui-
même et on dit: *c'est un despote*... la position est
embarrassante; il n'est pas aisé, au moins, d'être
roi!...

PREMIER FOU.

Et nous en revenons à ma fable: grenouilles,
le choix est fait, tenez-vous-y! ne changez pas
de ministres comme de chemise! la chemise est
sale, faites comme si vous n'en aviez qu'une; on
s'y habitue, voyez l'Autriche; il y a des gens
qui se font un élément de la pourriture.

DEUXIÈME FOU.

Mais la France ne veut pas de cet élément.

TROISIÈME FOU.

Il lui faut un air libre et pur.

PREMIER FOU.

Eh bien! elle le possède.

QUATRIÈME FOU, qui n'a pas encore parlé. Il se lève en
bondissant et s'écrie:

Non, elle ne le possède pas!

LES TROIS FOUS.

Qu'a-t-il donc, celui-là, est-ce qu'il est....
fou!

QUATRIÈME FOU, bondissant de nouveau, l'œil hagard et
dans le désordre d'une sibylle.

Non! elle ne le possède pas! la France est à
deux doigts de sa perte! le trône et l'autel sont
sur le bord du précipice! il existe une faction
mystérieuse, atroce, révolutionnaire, qui se mul-
tiplie, qui porte ses coups dans l'ombre; elle est
partout et elle n'est nulle part! elle a recours aux
sortiléges pour se rendre invisible! cette faction
c'est le comité directeur! et si l'on ne prend un
parti extrême, si l'on ne tranche dans le vif, il ne
reste plus de mon pays pierre sur pierre! je vous le
prophétise donc! le ministère va changer. Martignac nage entre deux eaux, il n'est pas assez
risqué, ce n'est pas l'homme qu'il nous faut...
Paraissez... (Il s'arrête tout-à-coup, fait un bond et disparaît.)

PREMIER FOU, haussant les épaules.

C'est un fou!

DEUXIÈME FOU, de même.

C'est un fou!

TROISIÈME FOU, de même.

C'est un fou!

LE DIRECTEUR.

Pas autre chose. Mais, à propos, il n'avait pas
l'uniforme.

PREMIER FOU.

C'est, ma foi, vrai.

DEUXIÈME FOU.

Il était en habit noir.

TROISIÈME FOU.

Ce doit être un échappé de Bedlam.

QUATRIÈME FOU, rentrant tout effaré, le Moniteur
à la main.

Ne vous l'ai-je pas dit? (Lisant.)

M. de Polignac, aux affaires étrangères;

M. de la Bourdonnaye, à l'intérieur;

M. de Bourmont, à la guerre;

M. de Chabrol, aux finances;

M. Mangin, à la police;

M. d'Haussez, à la marine;

M. de Montbel, à l'instruction publique; et
Monsieur... (Il se laisse tomber.) Mon Dieu! sou-
tenez-moi, je me trouve mal!

TROISIÈME FOU.

Qu'a-t-il donc? est-ce qu'il est..... ministre?

DEUXIÈME FOU.

Ce serait plaisant!

PREMIER FOU.

Ça s'est vu.

LE DIRECTEUR.

Il n'en restait plus qu'un.

LES TROIS FOUS.

Le ministre de la justice.

PREMIER FOU, qui a ramassé le Moniteur.

C'est M. de Courvoisier! (Éclats de rire des trois fous et du directeur, pendant que M. de Courvoisier reprend ses sens.)

(Entre Laurent.)

LAURENT, au Directeur.

Monsieur! monsieur! on viole ma consigne.

LE DIRECTEUR.

Qui cela?

LAURENT.

Un fou qui n'a jamais d'intervalles : M. Berbiguier de Terre-Neuve.

LES TROIS FOUS.

Laissez-le entrer, il nous amusera.

M. DE COURVOISIER, qui s'est relevé.

Il nous amusera.

LE DIRECTEUR.

Qu'il entre.

LAURENT.

Le voici. (Laurent sort.)

(Entre Berbiguier.)

BERBIGUIER DE TERRE-NEUVE, bondissant comme un possédé.

Arrière! arrière! les voyez-vous, les monstres

qui me poursuivent sans repos, sans relâche! Ah!
qu'on me rende ma baguette! et je vous conjure
tous , horribles farfadets! démons acharnés après
moi!...

M. DE COURVOISIER.

C'est le comité-directeur ?

BERBIGUIER.

Je ne sais pas leur nom, mais je puis vous les
montrer tous!..

M. DE COURVOISIER.

Les membres du comité-directeur ?

BERBIGUIER.

Non, tous ceux qui s'acharnent après moi.

M. DE COURVOISIER.

C'est ça, les membres du comité-directeur.
Oh! quel trait de lumière! homme précieux!
homme de génie! viens avec moi, ma voiture est
en bas, je cours te présenter au conseil, et tu
promets de nous montrer, de nous désigner tous
les membres de cet horrible comité?

BERBIGUIER.

Tous ces farfadets qui me torturent.

M. DE COURVOISIER.

Oui, farfadets ou membres du comité-directeur, c'est tout un; tu nous les montreras tous?

BERBIGUIER.

Tous. Mais ma baguette ! je veux ma baguette ! et ces sylphes, ces lutins, ces démons, je les saisis, je les réduis tous ; le charme qui les protège et les rend invisibles s'évanouira et ils seront visibles, palpables, masticables comme vous et moi ! mais, ma baguette ! Je veux ma baguette !...

M. DE COURVOISIER, l'embrassant avec transport et pleurant de joie.

On t'en donnera cent... baguettes !... suis-moi !

LE DIRECTEUR.

Il est sous ma responsabilité.

M. DE COURVOISIER, avec dignité.

J'en réponds. (Tous les fous se regardent en riant.)

LE DIRECTEUR, souriant.

Dans ce cas... (Berbiguier et M. de Courvoisier se donnent la main et sortent. Les trois fous se lèvent en silence, saluent le directeur et se retirent avec le même calme qu'en entrant.)

LE DIRECTEUR, les saluant.

Messieurs, à votre prochain intervalle.

SCÈNE II.

LYON.

(Préfecture.)

LE PRÉFET, LE MAIRE.

LE PRÉFET.

Eh bien, M. le maire, cette ordonnance exhumée fait-elle sensation?

LE MAIRE.

Elle a produit un excellent effet, le peuple est pétrifié.

LE PRÉFET.

Obéira-t-il?

LE MAIRE.

Soyez tranquille. En tous cas j'ai pris mes précautions, tous nos limiers sont armés jusqu'aux dents et je prépare aux mutins une réception... mais pas un ne bronchera; Lafayette n'aura pas

une voix! pas un cri! pas un vœu!(On entend sous
les fenêtres de l'hôtel des acclamations unanimes.)

LE PEUPLE.

Vive Lafayette! vive le premier citoyen français! vive le premier citoyen du monde!

LE PRÉFET.

Mais, M. le maire, c'est de l'ivresse, c'est du
bonheur!

LE MAIRE, furieux.

C'est de l'insolence! de la rébellion!

LE PRÉFET.

Voilà pourtant l'influence du comité-directeur.

LE MAIRE.

Le comité-directeur! toujours le comité-directeur! il faut en finir avec lui! qu'on aille chercher
des chevaux de poste et je vole à Paris le dénoncer, moi, ce comité-directeur... que je ne connais
pas!...

LE PRÉFET, à la fenêtre.

Voyez donc quelle ovation, quelle marche
triomphale! on n'en ferait pas autant pour un
monarque.

LE MAIRE, criant en fureur.

Chargez-moi toute cette canaille! (Ses cris sont
couverts par les acclamations universelles.)

LE PEUPLE.

Vive Lafayette! vive le premier citoyen fran-

çais! vive le premier citoyen du monde! (Le maire
sort transporté de fureur, monte en chaise de poste et vole
à Paris dénoncer le comité-directeur.)

SCÈNE III.

ODÉON.

(Première représentation de Catherine de Médicis aux États
de Blois.)

MARTAINVILLE, GENOUDE, au balcon.

MARTAINVILLE.

Dis-donc, Genoude, quel tintamarre! tais-toi,
parterre! voilà Catherine, écoutons... aï! ma
goutte! (Il siffle.)

GENOUDE.

Oh! que c'est mauvais! quels vers pitoyables!

MARTAINVILLE.

Siffle, siffle, parterre, tu as raison! quel est le
scélérat qui a fait une pareille pièce? aï! (Il siffle.)

GENOUDE.

Que c'est bête de siffler.

MARTAINVILLE.

Tiens, ça me soulage... aï! aï! (Il siffle.)

GENOUDE.

Si à chaque première représentation le parterre avait des atteintes de sciatique comme toi, sais-tu qu'il n'y a pas de pièce qui y résisterait.

MARTAINVILLE.

Je ne vois pas où serait le mal. aï! (Il siffle.) Il faut faire des *pieds de mouton* ou ne pas s'en mêler. aï! aï! aï! (Il siffle à trois reprises.)

GENOUDE.

Tu es impatientant avec ta goutte, dévore-la!

MARTAINVILLE.

Que tu es simple, Genoude; est-ce qu'on peut la dévorer, la goutte!... la boire, à la bonne heure... aï! (Il siffle.)

GENOUDE.

Il paraît que l'influence de la pièce te gagne.

MARTAINVILLE.

Est-ce qu'il y a des calembourgs?

GENOUDE.

Tu n'as pas entendu?

MARTAINVILLE.

Charmant, charmant! aï! (Il siffle.)

GENOUDE.

Et des allusions...

MARTAINVILLE.

Oh! mauvais, mauvais! aï! (Il siffle.)

GENOUDE.

Écoute donc!

L'ACTEUR.

On ne sait pas trahir, quand on a su combattre.

LE PARTERRE, en masse.

Bravo! bravo! (Triple salve d'applaudissemens.)

MARTAINVILLE ET GENOUDE.

Quelle horreur! (Ils sifflent tous deux à qui mieux mieux.)

MARTAINVILLE.

Vois-tu Genoude, c'est le comité-directeur qui a fait cette pièce-là.

GENOUDE.

Eh non, tu sais bien...

MARTAINVILLE.

Il l'a toujours inspirée. A! aï! (Il siffle.) C'est lui -qui présidait le comité-directeur! c'est lui qui fait hurler tous ces baladins! c'est lui... le vois-tu, Genoude, le vois-tu?

GENOUDE.

Eh qui donc?

MARTAINVILLE.

Le comité-directeur

2

GENOUDE.

Où ?

MARTAINVILLE.

Partout !... au parterre, aux loges, aux stalles, dans les coulisses, dans le trou du souffleur, dans Ligier, dans Georges, dans le gaz, dans l'air, dans les sons, dans les couleurs !.. aï ! aï ! aï ! aï ! (Il siffle à tout rompre.) Sortons, Genoude, je n'y tiens plus ! j'étouffe ! allons le dénoncer !

GENOUDE.

Dénoncer ? j'en suis.

(Ils sortent du spectacle et vont dénoncer au conseil le comité-directeur.)

SCÈNE IV.

RUE SAINT-HONORÉ.

OUVRIERS, ARTISANS, CHIFFONNIERS, FILLES PUBLIQUES, attroupés devant la porte fermée d'un boulanger.

UN GARÇON BOULANGER, parmi la foule.

Comment ! mère Larigole, votre pain n'avait pas le poids ?... ni vous non plus, père Laruche ?

LA MÈRE LARIGOLE ET LE PÈRE LARUCHE.

Non! il n'avait pas le poids.

LE GARÇON BOULANGER, animant la foule de la voix et
du geste.

Mais c'est une infamie! c'est donc un scélérat, que le confrère! cassez les vitres, démontez les grilles, enfoncez la porte, faites main-basse sur le pain, sur la farine, sur lui!... je vous aiderai s'il le faut... traînons-le dans le ruisseau... et après ça vous viendrez chez nous...

LA FOULE.

Il a raison. Du pain! du pain! ou la porte est enfoncée!

UNE VOIX.

Il n'est pas assez cher, peut-être!

UN ARTISAN.

On n'a peut-être pas assez de mal à le gagner!

UN OUVRIER.

Surtout quand y a pas d'ouvrage, car y a pas à dire, y en a pás! (Une pierre est jetée dans les carreaux du boulanger, c'est le signal; on crie, on enfonce la porte.)

PLUSIEURS CHIFFONNIERS.

C'est bon! v'là du pillage! courons! à nous les débris!... et allez donc!

(Un ouvrier s'est emparé du boulanger et l'amène pâle et tremblant.)

2.

UNE FILLE PUBLIQUE, le lui arrachant.

Canailles! finirez-vous? ou je vas chercher le poste! voulez-vous le tuer, ce malheureux? je vous dis que son pain a le poids!... laisse-le, toi, ou je te repasse... viens, pauvre cher homme... il est tout pâle... viens-t'en chez moi.,. et vous, arrivez donc l'y chercher, canailles! (Elle emmène le boulanger; la foule suit en poussant des cris.)

(Paraît Chodruc Duclos.)

(Les mains derrière le dos, il écoute quelques instans d'un air impassible, puis tout-à-coup il monte sur une borne; on l'entoure avec bruit; il fait signe qu'il va haranguer le peuple.)

PREMIÈRE FEMME DU PEUPLE.

Tiens! c'est l'ours de la rue Pierre-Lescot.

DEUXIÈME FEMME DU PEUPLE.

C'est drôle! je l'avais jamais vu; c'est feu monsieur Marat qu'est défunt, trait pour trait.

PREMIÈRE FEMME DU PEUPLE.

Laisse donc, monsieur Marat! il était laid! Mais lui, l'ours, c'est un beau morceau d'homme.

DEUXIÈME FEMME DU PEUPLE.

Dam' oui! mais faut y regarder de ben près. Fait-il une bonne état? demande-t-il?

PREMIÈRE FEMME DU PEUPLE.

Ah ben oui, demander.... Il est ben trop fier
pour ça... il se promène au palais, c'est son
état... et il vit comme ça... et puis c'est un fort!...
Ah! ma chère, si tu savais... une fois il a déra-
ciné un chêne... et une autre fois il a changé une
maison de place... fondement et tout.... et il est
riche..... oh! riche.... à millions!

DEUXIÈME FEMME DU PEUPLE.

C'est drôle, ça paraît pas.

PREMIÈRE FEMME DU PEUPLE.

C'est qu'il est philosophe. (A l'oreille.) C'est pour
faire enrager le gouvernement.... il enrage joli-
ment, le gouvernement, va!...

DEUXIÈME FEMME DU PEUPLE.

Le v'là qui qu'mence.

PREMIÈRE FEMME DU PEUPLE.

Y a sept ans, ma chère, qui n'a jasé.... sept
ans! seigneur de Dieu, sept ans!... Écoutons, il
s'risque.

(Quand le silence est rétabli, Duclos prend la parole.)

L'HOMME A LA LONGUE BARBE.

« Mes amis! je conviens qu'à la première vue
« je ne suis pas fait pour vous inspirer une bien

« grande confiance. Vous me direz que pour par-
« ler en public, pour me constituer l'orateur du
« peuple, j'aurais pu me présenter devant vous
« avec une mise un peu plus soignée... un peu
« plus décente.... il est vrai qu'il y a un peu de
« temps que je n'ai changé; mais pourquoi, mes
« amis? pour pouvoir dévorer un morceau de ce
« pain qui est aujourd'hui l'objet de vos justes
« réclamations, puisque les ingrats m'ont réduit...
« enfin vous le voyez.....et pourtant, que leur de-
« mandais-je? Vous allez vous imaginer peut-être
« que j'élevais mes prétentions jusqu'à un em-
« ploi de surnuméraire, saute-ruisseau d'admi-
« nistration, commis aux douanes, aux barriè-
« res, que sais-je!... erreur, mes amis, erreur; je
« ne voulais absolument d'eux qu'une toute petite
« place de maréchal de camp.... et les ingrats me
« l'ont refusée! aussi, voilà ma toilette! parce qu'en-
« fin il faut vivre; c'est sur elle que j'économise
« de quoi procurer à ma chétive existence ce
« pain qu'on nous vend si cher et qui n'a pas le
« poids. Oui, dans chaque trou que vous pouvez
« apercevoir à mes habits... car Dieu merci, il
« y en a, et ils sont de taille... oui dans chacun
« de ces trous vous voyez une économie; aussi
« ils me sont chers!... c'est ma parure, je ne la

« quitterai jamais!.... c'est elle qui me quit-
« tera!...

« Et maintenant, mes amis, voulez-vous sa-
« voir la cause de cette horrible disette qui vous
« menace? de cette disette qui vous rassemble
« et vous ameute aujourd'hui contre ce malheu-
« reux mitron? Voulez-vous que je vous fasse
« connaître, que je vous nomme enfin l'auteur
« de nos misères publiques?

LA FOULE.

Nommez! nommez!

L'HOMME A LA LONGUE BARBE.

« C'est le comité-directeur!

LA FOULE.

A bas le comité-directeur!

L'HOMME A LA LONGUE BARBE.

« Oui, mes amis, à bas le comité-directeur!
« mais ce n'est pas à nous qu'il est réservé de
« l'abattre, c'est à un bras plus puissant et plus
« robuste... même que le mien: tout ce que nous
« pouvons faire pour le bien de notre pays, c'est
« de le dénoncer au ministère, c'est de le signa-
« ler au pouvoir. Je vous offre l'appui de mon
« éloquence. Que je sois élu par vous député du
« peuple, c'est aujourd'hui le seul titre, le seul
« emploi, la seule dignité que j'ambitionne. »

LA FOULE.

Qu'il soit notre député ! (Duclos descend, et, escorté de la populace, il prend la direction du conseil.)

SCÈNE V.

CONSEIL DES MINISTRES.

PRÉSIDENCE DE M. LE PRINCE JULES DE POLIGNAC.

(Les Ministres entrent, chacun un portefeuille à la main, et prennent place autour d'une table.)

M. DE POLIGNAC.

Je le tiens maintenant, je m'y cramponne

M. DE LABOURDONNAYE, enflammé.

Nous nous y cramponnons tous !

M. DE CHABROL.

Messieurs, qu'allons-nous faire ?

M. DE POLIGNAC.

Hum !... c'est embarrassant...

M. DE BOURMONT.

Parbleu! décidons du sort de la France! Elle
est à nous, il faut en tirer parti.

M. D'HAUSSEZ.

Moi, d'abord, j'en fais un port de mer.

M. DE CHABROL.

Moi, une administration.

M. DE MONTBEL.

Moi, j'en fais un collége.

M. DE BOURMONT.

Quant à moi, je la passe à l'ennemi.

M. DE POLIGNAC.

Comme qui dirait aux Anglais.

M. DE LABOURDONNAYE, les yeux brillans.

Et moi, messieurs, je la dépèce, je la mets en
quartiers.

M. DE POLIGNAC.

Il me semble, messieurs, que ce ne sont pas
là les conseils de M. de Villèle. Puisqu'il nous
anime de son esprit, prenons une détermination
qu'il approuve, agissons avec prudence et discer-
nement. A peine arrivés au pouvoir, les clameurs
nous poursuivent déjà de tous les points de la
France; les journaux, les brochures fulmineront,
les quolibets, les brocards, les injures vont pleu-
voir sur nos têtes; nous serons abreuvés d'humi-

liations et de dégoûts sans avoir rien fait pour les mériter, on va nous juger sans nous entendre. Eh bien, messieurs, c'est nous donner l'avantage de la position. L'opinion publique est prématurément formée sur notre compte, donnons-lui un démenti formel, forçons-la à convenir qu'elle s'est trompée, arrachons-lui une honteuse rétractation ; régnons, en un mot, dans l'intérêt de la France.

M. DE CHABROL.

Je le veux bien, moi.

M. D'HAUSSEZ.

Je ne m'y oppose nullement.

M. DE MONTBEL.

Eh ! eh ! au fait, pourquoi pas ?

M. DE LA BOURDONNAYE.

Non, non, mille fois non !

M. DE BOURMONT.

Oui, non !

M. DE POLIGNAC.

La majorité se déclare pour l'avis que j'ai proposé... ainsi, messieurs, il est convenu que nous avons à nous occuper, dans cette séance, du bien de notre pays, du bonheur de la France, des intérêts de tout un peuple.

M. DE MONTBEL.

Oui, oui, c'est convenu... ah! dites donc! 'si nous vexions Béranger ?

TOUS LES MINISTRES.

Ah! oui, oui, vexons-le.

M. D'HAUSSEZ.

C'est après-demain que ses *neuf mois* expirent... si l'on pouvait...

M. DE MONTBEL.

Je lui en veux, moi, d'abord, depuis sa chanson de

Satan dit un jour à ses pairs,

et celle de

— Hommes noirs, d'où sortez-vous?
— Nous sortons de dessous terre.

M. D'HAUSSEZ.

Oui, mais il a fait aussi :

Eh! vogue ma nacelle,
Nous trouverons un port.

M. DE POLIGNAC.

Nous trouverons un port... je me le rappelle.

M. D'HAUSSEZ.

C'est égal, il faut le vexer.

M. DE POLIGNAC.

Gardez-vous-en bien, messieurs;

Vils roturiers,
Respectez les quartiers
De la marquise de Prétintaille !

(Se ravisant.) Au fait, tant pis, il vaut mieux le vexer; d'ailleurs il a dit du mal de ce cher ami Wellington.

M. DE LA BOURDONNAYE.

Messieurs ! et sa chanson des ventrus :

Quels dinés
Les ministres m'ont donnés !

M. DE BOURMONT.

Et celle des Gaulois :

On vit de honte, on n'en meurt plus.

Et *les souvenirs du peuple*!.. oh oui! il faut le vexer !

M. DE CHABROL.

Avec cela qu'il n'a pas une écriture de bureau.

M. DE POLIGNAC.

Cherchons bien.

M. DE CHABROL.

Si nous le mettions expéditionnaire.

M. D'HAUSSEZ.

Mousse, plutôt.

M. DE BOURMONT.

Il vaut bien mieux le corrompre.

M. DE LA BOURDONNAYE.

Non, non! le tourmenter avec des pointes d'ai-
guilles... ou bien l'épiler! ah oui, épilons-le...
brin à brin!

M. DE MONTBEL.

Attendez! attendez!... si je pouvais trouver
quelque bonne malice... (Battant des mains.) Oh! oh!
oh! messieurs, il faut l'empailler!...

M. DE POLIGNAC.

Messieurs, la charte le protège ; oui, la charte;
Que ce mot ne vous surprenne plus dans ma
bouche... d'ailleurs ce serait nous écarter de notre
système, de l'esprit qui doit nous animer. Je vous
propose un terme moyen : laissons-le quatre
heures de plus à la Force *... Et nous nous se-

---

* Historique.

rons vengés sans nous compromettre. Mettez-
vous à la place d'un prisonnier; l'heure de sa
délivrance approche; quels battemens de cœur !
quelle perplexité!

M. DE BOURMONT.

L'heure sonne, son cœur bondit.

M. DE LA BOURDONNAYE, avec joie.

L'heure est passée, son imagination fermente,
sa tête bout! quelle décision le gouvernement a-
t-il prise? quelques ordres secrets peut-être... et
des monstres lui apparaissent, les lettres de cachet, les mystères de la Bastille... le frisson le
saisit, il est torturé, supplicié, il se croit enseveli
tout vivant... oui! oui! laissons-le quatre heures
de plus à la Force!... à moins que notre confrère
de la justice... mais, à propos, où est-il passé?

TOUS.

C'est vrai, qu'est-il devenu?

M. DE POLIGNAC.

Je disais aussi : mais il nous manque quelque
chose... ce cher Courvoisier.... il se sera égaré....

(Entrent M. de Courvoisier et Berbiguer.)

M. DE COURVOISIER, tout effaré.

Messieurs! messieurs! nous tenons le comité-
directeur?

TOUS, reconnaissant Berbiguier.

C'est Berbiguier de Terre-Neuve! (Riant.) Ah!
ah! ah! à Charenton! à Charenton!

M. DE COURVOISIER.

Il en vient, messieurs, c'est moi qui vous
l'amène; il connaît le passé, le présent et l'avenir,
il vous initiera aux mystères de l'horrible comité,
il vous en évoquera tous les membres.

TOUS.

Oui, des lutins! des gnomes! des farfadets!...
ah! ah! ah! à Charenton! à Charenton! huissier,
faites sortir cet homme! (Un huissier emmène Berbiguier.)

M. DE POLIGNAC.

Etes-vous fou, mon cher Courvoisier, d'aller
vous imaginer?.. nous le trouverons bien sans lui,
le comité-directeur.

(Entre un huissier.)

L'HUISSIER.

Monsieur le président, des envoyés extraordi-
naires. de Londres, Vienne, Lisbonne, Madrid
et Constantinople, demandent à remettre des dépêches au conseil.

M. DE POLIGNAC, avec dignité.

Comme nous nous occupons depuis une heure
des intérêts de la patrie, nous ne pouvons les ad-

mettre en ce moment : qu'ils se présentent demain
à la préfecture de police, où nous serons tous
réunis en conseil.

L'HUISSIER.

M. le maire de Lyon, MM. Martainville et
Genoude et M. Chodruc Duclos postulent la
même faveur.

M. DE POLIGNAC.

Faites-leur la même réponse. (L'huissier sort.)

M. DE CHABROL.

Pourquoi demain cette réunion à la police?

M. DE POLIGNAC.

C'est encore un mystère, il s'agit de mesures...
Villèle doit nous présider et nous donner nos
dernières instructions ; toute l'aristocratie est
convoquée; je crois qu'il sera question du comité-
directeur. En attendant, si nous-mêmes le faisions
chercher ?

TOUS.

Appuyé !

M. DE POLIGNAC.

Courvoisier va écrire à tous les procureurs du
roi, substituts, maires, etc., de transmettre tous
les mois à Paris un état de l'opinion, et leur or-
donnera les recherches du comité-directeur.

M. DE CHABROL.

Et moi, ordre au directeur-général des postes
de décacheter toutes les lettres.

M. DE POLIGNAC.

Ne perdons pas de temps, messieurs; moi, j'é-
cris à Martainville.

(M. de Polignac écrit à Martainville; M. de Chabrol au directeur-général des postes; M. de Courvoisier compose sa
circulaire; M. d'Haussez fait remuer avec une plume des
poissons rouges dans un bocal; M. de Labourdonnaye dépèce un melon cantalou et divise les tranches en catégories; M. de Montbel épèle l'orthographe de Marle, et M. de
Bourmont, profitant de l'occupation de ses collègues, se
sauve par la fenêtre.)

M. DE POLIGNAC.

Vous êtes-vous aperçus, messieurs?

TOUS.

Bourmont qui se sauve! parbleu! l'habitude!

M. DE LABOURDONNAYE.

On ne peut pas compter sur cet homme.

M. DE POLIGNAC.

Au moment de la crise il nous abandonnerait.
Nous nous concerterons pour nous en débarras-
ser... n'est-ce pas, messieurs?

TOUS.

Oui! oui!

3

M. D'HAUSSEZ, tirant sa montre.

Cinq heures ! on m'attend à l'école de natation.
(Il sort.)

M. DE POLIGNAC.

Et ce marin d'eau douce... j'ai idée que nous
pourrions nous en défaire.

TOUS.

Sans doute.

M. DE POLIGNAC.

Nous y reviendrons.

M. DE MONTBEL.

A propos ! j'ai affaire chez Jacotot. (Il sort.)

M. DE POLIGNAC.

Je vous demande, messieurs, si un homme
comme celui-là devait être mis à la tête de l'instruction ; ne pourrait-on pas le remplacer ?

M. DE CHABROL.

Belle demande !

M. DE COURVOISIER.

Remplaçons-le.

M. DE LABOURDONNAYE.

Qui lui substituerons-nous ?

M. DE POLIGNAC.

Je vous soumettrai un choix.

M. DE CHABROL.

Et la Bourse que j'oubliais !... (Il sort.)

M. DE POLIGNAC.

Va, va apprendre à compter avant d'être ministre des finances! Nous ne sommes plus que trois, messieurs; composons seuls le ministère. La responsabilité est grande! mais, n'importe, nous en viendrons à bout.

M. DE COURVOISIER.

Et oui, nous en viendrons à bout. (Il fait un bond et s'écrie:) Et Berbiguier, qu'en a-t-on fait? (Il s'échappe en bondissant.)

M. DE POLIGNAC.

Enfin, mon cher Labourdonnaye, nous voilà seuls! Elaguons ce fou comme les autres, assumons tout sur notre tête, notre union constituera notre force; défions l'orage, comme deux roseaux qui peuvent plier sans jamais rompre.

M. DE LA BOURDONNAYE, pressant M. de Polignac contre son cœur.

Sans jamais rompre!... Ah ça, mon ami, je te quitte, je cours chez Mangin; nous avons en vue certain projet patriotique... arrange tout pour le mieux. (Il sort.)

M. DE POLIGNAC, seul, après avoir réfléchi.

Si je m'en débarrassais aussi!... je rendrais service à la monarchie... et je serais seul... seul!... c'est superbe... mais c'est effrayant!... l'ambition

3.

m'aveugle! les coups se fussent divisés sur lui
et sur mes collègues, ils vont se réunir sur moi!..
que faire?... j'ai la fièvre, je crois!... ma tête est
brûlante... j'ai peur!...ah! ce n'est qu'au pied du
trône que je puis trouver un refuge contre moi-
même. (Il sort.)

FIN DU PREMIER ACTE.

ACTE SECOND.

SCÈNE PREMIÈRE.

BUREAU DU DRAPEAU-BLANC.

(Il est nuit. Une petite lampe projette une lueur faible et douteuse sur une table chargée de papiers et de journaux.)

MARTAINVILLE, seul, la lettre de M. de Polignac à la main.

Que ces grands sont politiques! ne pas même signer, de peur de frotter leur nom au mien! se servir de moi tant qu'ils en ont besoin et après... m'écraser la tête!... le comité-directeur! le comité-directeur! oh oui! je le trouverai! fût-il dans les entrailles de la terre! Mais le puis-je en ce moment!... la tête, les pieds, tous les membres, tout le corps endoloris!.... tout plein d'humeurs, d'ecchymoses, d'infirmités!... qui enverrai-je à ma place? personne n'ose plus m'approcher; tout le monde me fuit comme une contagion... jusqu'à mon argent dont on ne veut plus... ou si on le prend, c'est en détournant la tête; il faut qu'il soit bien imbibé de moi! On craint mon regard comme celui d'un basilic; on redoute mon approche comme celle d'une vipère... ce drapeau-blanc, il était sans tâche... eh bien! ils disent tous que je l'ai terni, parce que mon haleine s'y est arrêtée; que je l'ai noirci, parce que mes doigts y ont passé. Et maintenant il faudra que j'y suffise seul. Eh bien! humanité, vile engeance! je veillerai, je m'userai, je tournerai, je me balancerai seul dans ma cage comme une bête fauve! comme un reptile, je ruminerai seul dans mon trou mon encre et mon venin... Mais aussi malheur!... malheur si je me gonfle!... malheur à cent pas!...

SCÈNE II.

CABINET NOIR.

LE DIRECTEUR - GÉNÉRAL DES POSTES, LE SECRÉTAIRE-GÉNÉRAL.

(Des paquets de lettres, sur la table devant laquelle ils sont assis.)

LE DIRECTEUR-GÉNÉRAL.

Dis-donc, R..., allons-nous rire!

LE SECRÉTAIRE-GÉNÉRAL.

C'est peut-être la meilleure idée qu'ait jamais eue M. de Chabrol.

LE DIRECTEUR.

La correspondance sera piquante.

LE SECRÉTAIRE.

Et nous mettra peut-être sur les traces du comité-directeur.

LE DIRECTEUR.

Procédons.

LE SECRÉTAIRE, après avoir amolli le cachet.

« Ma chère dame,

« S'il est vrai que de la région du vice s'exhalent
« des miasmes pestilentiels, pourquoi la vertu ne
« répandrait-elle pas autour d'elle une essence
« d'exhalaisons odorantes et onctueuses qui vous
« la font aimer et chérir comme je v... C'est près
« de vous que je compte arriver au bout de ma
« période; mon style ne rendra jamais d'une ma-
« nière bien efficace toute l'onction que vous con-
« naissez à ma voix.

« CUVIER. »

LE DIRECTEUR.

C'est du Bourdaloue tout pur, nous n'en avons
que faire.

LE SECRÉTAIRE, qui a ouvert une seconde lettre.

« Mon cher ami,

« Trouvez-vous chez moi demain, à l'issue du
« spectacle, le plus secrètement qu'il vous sera

« possible, nous serons d'intelligence avec notre
« phénomène.

« Tout à vous,

« FRANCONI. »

LE DIRECTEUR.

Bravo! bravo! nous sommes sur la voie, il y
a du comité-directeur là-dessous. Mettons ce
billet de côté.

LE SECRÉTAIRE, lisant.

« Mon bon,

« Vous êtes trop irrésolu, il faut décidément que
« je m'arrête pour vous à un parti ; ainsi ma dé-
« termination est prise ; il y a trop long-temps que
« je suis libre, j'ai besoin de chaînes, d'un cloître
« ou du mariage ; que je sois l'épouse de Jésus-
« Christ ou la vôtre, de toutes les manières je mar-
« che à l'autel. J'ai assez pleuré dans ma vie ; il me
« faut maintenant cet état mécanique d'apathie
« et d'insouciance du couvent ou de l'hymen, où,
« lorsqu'on a su prendre son parti, l'on a toujours
« les yeux secs. Décidez de mon sort ; si le cour-
« rier prochain ne m'apporte pas une réponse
« positive, je m'ensevelis. »

« ALLAN-DORVAL,

« artiste dramatique. »

LE DIRECTEUR.

Ce n'est pas du tout maladroit.

LE SECRÉTAIRE, lisant.

« Mon cher,

« Voici le discours que j'ai prononcé à l'une
« des dernières séances de l'Académie, en ma
« nouvelle qualité de secrétaire perpétuel. »

(Tu sais, toujours le verre d'eau de rigueur.)

« Messieurs (ici je bois une gorgée),

« Messieurs.... encore un peu plus enrhumé
« qu'à l'ordinaire : (ici une autre gorgée) aussi, mes-
« sieurs (troisième gorgée), perdez-vous beaucoup
« à ne pas m'entendre (quatrième gorgée), parce que
« j'ai infiniment d'esprit (cinquième et dernière gorgée).
« Ici finit mon verre d'eau et mon discours, je
« retourne à ma place et on m'applaudit.

« ANDRIEUX. »

LE DIRECTEUR.

En effet, on perd beaucoup à ne pas l'entendre, car il pétille d'esprit.

LE SECRÉTAIRE, lisant.

A Monsieur Briffaut, censeur dramatique.

« Mon cher monsieur,

« Vous le savez, c'est à votre considération que
« je l'ai publié; Marat n'était pas Marat, Charlotte
« n'était pas Charlotte, la révolution n'était pas
« la révolution, et vous n'avez été compromis en
« rien. Qu'il y ait entre nous réciprocité d'égards
« et de bienséances; ménagez-moi cette fois-ci...
« Atropos!....

« VICTOR-DUCANGE,
« auteur dramatique. »

LE DIRECTEUR.

Ah bien oui! le ménager... qu'il y compte!

LE SECRÉTAIRE, décachetant.

Ceci n'est qu'un billet de spectacle.

LE DIRECTEUR.

Je sais, je sais, une première représentation;
vous ne connaissez ni auteurs, ni acteurs, ni di-
recteurs, n'importe, le billet est à votre adresse,
il est bien pour vous; c'est ainsi que la salle se
remplit... et le moyen de siffler!....

LE SECRÉTAIRE, lisant.

« Mon bien-aimé,

« Avant de te connaître, j'avais toujours été

« chaste, toujours pure; il a fallu tout l'art que
« tu as mis à me tromper, toute la séduction de
« tes regards, pour me faire dévier du chemin
« de la vertu!.. Voilà deux jours, oui, deux jours,
« que tu m'as ravi ce bien... ce bien si précieux...
« mon innocence!.. et avec elle j'ai tout perdu,
« ma simplicité, le repos, le bonheur... et c'est
« au fond de la Haute-Égypte que je cours ca-
« cher à tous les yeux ma honte et mes remords!

« IDA DE SAINT-ELME. »

LE DIRECTEUR.

La contemporaine! oh! c'est précieux!

LE SECRÉTAIRE.

Il n'en reste plus qu'une.

LE DIRECTEUR.

J'ai un pressentiment qu'elle nous mettra sur
les traces du comité-directeur.

LE SECRÉTAIRE, lisant.

« Vous n'ignorez pas, mon cher ami, que c'est
« demain notre grande réunion; tous les élus
« doivent s'y trouver, elle serait incomplète si
« vous y manquiez. Aussi n'est-ce pas une invita-
« tion que je vous adresse; c'est uniquement une
« occasion que je saisis de vous rappeler que nul

« profane ne doit être initié à nos petits mystè-
« res ; vous savez ce dont il y va. »

« Lui aussi est un des élus. »

« J. Laffitte. »

LE DIRECTEUR, rayonnant.

Nous le tenons ! le comité-directeur doit se
trouver au Cirque ou rue d'Artois, chez Laffitte
ou chez Franconi. Dépêchons ces deux lettres au
ministère. (Les deux lettres d'avis sont mises sous enve-
loppe et partent à l'adresse de M. de Polignac.)

SCÈNE III.

UNE AUBERGE DE VILLAGE.

LE MAIRE, CHIGNARD *l'adjoint*, LE PÈRE
LEDRU, paysans.

(Le maire et l'adjoint sont à boire à une table, le père Ledru et autres paysans à une autre table.)

LE MAIRE.

Tu t'donnes trop à la boisson, Chignard.

CHIGNARD , malignement.

Dites donc, M. el'maire, j'vous voyons jamais lire, j'vous voyons jamais écrire..: c'est moi qu'a toute la besogne, c'est moi qui lis, c'est moi qu'écris, j'sommes tout quoi : la raison pourquoi, monsieur el'maire ?

LE MAIRE.

T'est adjoint.

CHIGNARD.

Bon ça... mais un municipal, i m'semble qui doit ben un tantinet prêter l'épaule, mettr' la main à la pâte.

LE MAIRE.

Tien... je m'occupe.

CHIGNARD.

C'est ça, à boire: enfin êtes-vous maire ou l'êtes-vous pas?

LE MAIRE, versant à boire.

Mouille, mouille, Chignard.

LE PÈRE LEDRU, aux paysans.

Est-i' méchant, est-i' retord, c'Chignard! faut qu'i' nous asticote tretous; v'là moi, par exemple, eh ben de d'puis les vendanges, gn'y a pas d'noises qu'i' n' me cherche, à cause que j'voulons pas lui bâiller deux arpens de terre.

CHIGNARD , au maire,

M. el'maire, v'là une lettr' à votre adresse.

LE MAIRE.

Voyons, lis, Chignard, lis.

CHIGNARD, malignement.

Pourquoi donc, M. el'maire, c'est-i toujours moi qui lis et jamais vous ?

LE MAIRE, versant à boire.

Mouille, Chignard, et lis.

CHIGNARD, lisant.

De la part de Son Excellence le ministre...

LE MAIRE, se levant brusquement.

Y a ça ?

CHIGNARD, malignement.

Lisez plutôt, M. el'maire.

LE MAIRE, jetant les yeux sur la lettre.

Oh oui, oui !... Comment qu't'as dit ça ?

CHIGNARD.

De la part de Son Excellence le ministre de la justice. Comment ! vous voyez pas ? Pourquoi donc, M. el'maire, voyez-vous pas ?

LE MAIRE, jetant stupidement les yeux sur la lettre.

Si... si... je voyons ben... minist' d'la justice.... ah !... là !

CHIGNARD.

C'est ça, c'est ben ça, M. el'maire... M. el'maire, lisez donc le reste.

LE MAIRE.

Eh non, Chignard, t'entends bien... drès qu't'a qu'mencé, faut f'nir, mon vieux.

CHIGNARD.

Faut f'nir! faut f'nir!... pourquoi donc, M. el' maire, c'est-i toujours moi....

LE PÈRE LEDRU, aux paysans.

Eh! là-bas, vous autres, queulle vipère que c'Chignard!

CHIGNARD, qui a entendu.

Toi, Ledru, n'paie pas tes impositions.... n'les paie pas... j'te dis qu'ça!

LE MAIRE.

Haut donc, Chignard, et c'te lettre!

CHIGNARD, lisant.

« Monsieur le maire,

« Son Excellence monseigneur le ministre de
« la Justice vous fait savoir, par mon organe, que
« vous ayez à lui faire parvenir tous les mois un
« état détaillé de l'opinion dans votre commune;
« il vous recommande aussi de rechercher minu-
« tieusement, mais avec mystère et prudence, le
« comité-directeur.

«LE PROCUREUR DU ROI. »

LE MAIRE, ouvrant de grands yeux.

Qué qu' tout ça veut dire, Chignard, queu révolution !

CHIGNARD.

Ça veut dire qu' faut répondre d'abord.

LE MAIRE, embarrassé.

Ah... faut... répondre.

CHIGNARD, malignement.

Oui, M. l' maire, faut répondre ; dites donc, faut répondre, M. l' maire.

LE MAIRE.

Eh ben je vas répondre, tiens donc.

CHIGNARD, empressé.

V'là de l'encre, du papier, une plume ; répondez M. l'maire, répondez.

LE MAIRE.

Écris, toi, j' dicterons.

CHIGNARD.

Pourquoi donc, M. l' maire, c'est-i toujours moi qu'écris et jamais vous ?

LE MAIRE.

T'es't' adjoint.

CHIGNARD.

Adjoint, adjoint.... Une idée, M. l'maire, une idée.

LE MAIRE.

Bah !

CHIGNARD.

Vaut bien mieux obéir à la lettre avant qu' d'y répondre. V'là justement Poulot l' tambour ; faut rassembler tout l' village sur la place ici devant.

LE MAIRE.

A cause ?

CHIGNARD.

A c'te fin d' savoir leu's opinion à tretous.

LE MAIRE.

Poulot, allons, Poulot ! (Le tambour bat, on sort de l'auberge : tout le village est bientôt rassemblé sur la place.)

LE MAIRE, aux paysans.

Vot' opinion à tretous ?

LES PAYSANS.

Est-c' que j'en avons d's opinions !

CHIGNARD.

Bon, v'là qui n'ont pas d'opinion ; eh si, bêtats ! y vous en faut une d'abord, bonne ou mauvaise.

TOUS LES PAYSANS.

Eh ben bonne.

CHIGNARD.

Là ! v'là qui n'en ont que d' bonne à c'te heure ! faut ben qu'un queuqu's un en aie au moins une mauvaise; le ministre n' serait pas content sans ça... (Bas à Ledru.) Dis donc, Ledru, si tu ne me cèdes pas un arpent d' terre.....

LE MAIRE, aux paysans.

Qué qu' ça coûte, on dit comme ça : j'ai pas une bonne opinion, j' pense mal, v'là tout. Tiens, toi, Jean, tu penses mal, est-c' pas?

JEAN.

Non, M. l' maire, j' pense pas mal.   ●

CHIGNARD, bas à Ledru.

Eh bèn, Ledru, c't arpent?

LE MAIRE, à Jean.

Qué qu' ça dit, va toujours... tu penses mal, est-c' pas?

CHIGNARD, haut.

Jean! i n' pense ni bien ni mal, i n' pense pas; c'est le père Ledru qui pense mal, qu' a une mauvaise opinion!

TOUS LES PAYSANS.

Le père Ledru!

LE PÈRE LEDRU.

Moi! si l'on peut dire!

CHIGNARD, bas.

Lâche l'arpent et j' te redresse.

4.

LE MAIRE.

Ah! père Ledru, t' as une mauvaise opinion, eh ben, c'est bon!

LE PÈRE LEDRU, tremblant, bas à Chignard.

J' te l' bâille.

CHIGNARD, haut.

Une mauvaise opinion, qui? le père Ledru? qui qu' a dit ça? Le père Ledru!... c'est la plus bonne opinion de tout l' village.

LE MAIRE.

Chignard, et le comité-di... di..

CHIGNARD.

Oui, oui, le comité-directeur.

LE MAIRE.

Faut le quérir. C'est-i un voleu, un brigand?

CHIGNARD.

P't-êtr' ben, ou queuqu' sorcier.

LE MAIRE.

Ou queuq' loup-garou.... et l'signal'ment, y en a pas.

CHIGNARD, rayonnant.

C'est vrai, y en a pas, bon! (Bas à Ledru :) Lâche l'autre arpent, ou je dis que c'est toi que tu es le comité-directeur.

LE PÈRE LEDRU, tremblant.

Le comité-directeur !.... (Après avoir hésité.) Eh
ben tant pis, non.

CHIGNARD, haut.

Le comité-directeur... Le comité-directeur...
(Bas à Ledru.) Le lâches-tu ? (Haut.) Le comité-di-
recteur... je le connais, moi. (Bas à Ledru.) Eh ben,
Ledru ?

LE PÈRE LEDRU, déterminé.

Non ! non ! non ! .

LE MAIRE.

Tu l'connais, Chignard, le comité ? c'est drôle !
tu l'disais pas.

CHIGNARD, criant.

C'est le père Ledru,

LE MAIRE ET TOUS LES PAYSANS.

Le père Ledru !

CHIGNARD, bas à Ledru.

L'arpent, ou je crie plus fort.

LEDRU, hésitant.

.... N... non !

CHIGNARD, criant plus fort.

Oui, c'est le père Ledru !

LE MAIRE.

Ah ! père Ledru !

CHIGNARD, bas à Ledru.

J' vas écrire d'abord, on t'empoigne, on t'met d'dans et peut-êtr' ben la guillotine, Ledru, la guillotine...

LE PÈRE LEDRU, ouvrant des yeux effarés.

La guillotine !

CHIGNARD.

Oui... l'arpent, ça y est-i ?

LE PÈRE LEDRU.

Dam' faut ben.

LE MAIRE.

C'pauvre père Ledru ! c'est pas beau, père Ledru !

CHIGNARD.

Quoi, quoi, quoi donc qu'est pas beau ?

LE MAIRE.

Eh ben le père Ledru.

CHIGNARD.

Quoi qu'il a fait, le père Ledru ?

LE MAIRE.

T'as dit qu'c'était lui le comité-directeur.

CHIGNARD, effrontément.

J'ai dit que le père Ledru était le comité-directeur !... oh ! père Ledru, l'ai-je-t-i dit ?

LE PÈRE LEDRU.

Non.

TOUS LES PAYSANS.

Si, si, il l'a dit.

CHIGNARD, regardant autour de lui.

Bêtats!.. j'ai dit que le père Ledru le voyait...
le comité-directeur.....il le voyait... comme ça... et
puis... il me le montrait... Et, tenez, le voici,
là-bas, qu'arrive en poste? i's'sauve, faut l'arrêter.

LE MAIRE.

Arrêtons-le.

TOUS LES PAYSANS.

Arrêtons-le.

(Arrive au triple galop une chaise de poste suivie de plusieurs équipages brillans ; les paysans se précipitent et for-
cent les postillons à s'arrêter.)

LES PAYSANS.

Arrête! arrête, postillon!

CHIGNARD, au voyageur de la chaise.

De par la loi, faut descendre.

LE MAIRE.

Faut descendre.

LE VOYAGEUR.

Au diable! laissez-moi tranquille...Je suis pres-
sé, on m'attend. Allons, allons, postillon, fouette!

CHIGNARD, se mettant en travers.

I m'passera sur le corps.

LE VOYAGEUR.

Qu'ont-ils donc après moi? vous vous trompez, mes amis, tenez, voilà de l'or; mais allez-vous-en au diable!

CHIGNARD, prenant l'or.

Voyez-vous, M. l'Maire, c'est le comité-directeur; il a voulu me corrompre. Ah ben oui, me corrompre!

LE MAIRE, Chignard.

J'partagerons, hen?

LE VOYAGEUR, qui est descendu.

Allons vite au fait, que me voulez-vous?

CHIGNARD.

Votre nom?

LE MAIRE.

Votre nom?

LE VOYAGEUR.

Rothschild.

CHIGNARD.

Votre état?

LE MAIRE.

Votre état?

LE VOYAGEUR, souriant.

Rothschild Ier, roi des Juifs.

LE MAIRE fait un bond de surprise et de peur.

Chignard, un roi... nous v'là blancs!

CHIGNARD, qui a réfléchi.

Un moment, un moment : y en a plus de roi des Juifs ; c'est le juif errant, il ment à la justice, c'est le comité-directeur.

ROTHSCHILD.

Allez-vous-en au diable ! (Il veut remonter en voiture.)

CHIGNARD.

Oh ! c'est plus ça. (Il le saisit au collet, tous les paysans se jettent sur lui, on l'emmène.)

LE MAIRE, tirant Chignard par sa veste.

Chignard, gare-toi, mon vieux, tu t'risques.

CHIGNARD.

Bah ! bah !.. v'la la maréchaussée, faut leu's y remettre et j'allons écrire not' besogne au ministre.

LE MAIRE.

Oui , Chignard, écrivons.

CHIGNARD, malignement.

Écrivons... écrivons... écris !... (aux paysans.) Vous autres, à l'ouvrage ! l's équipages, les malles, les coffres, entrez tout ça cheux nous.

LE MAIRE.

C'est pas not' bien, Chignard.

CHIGNARD.

C'est le profit de la Justice.

(La maréchaussée emmène Rothschild qui crie et se débat : tous les paysans avec Chignard et le Maire rentrent dans l'auberge.)

SCÈNE IV.

MONT-ROUGE.

TEMPS DE JUBILÉ.

L'ABBÉ DE LAMENNAIS, LE P. RONSIN, supérieur, FORBIN DE JANSON, LE P. GUYON, LE P. MACARTY, LE P. ROZAN, jésuites, filles publiques.

(Tous pêle-mêle confondus et gris devant les débris d'un repas, au milieu des verres, des bouteilles cassées.)

TOUS LES PÈRES, criant.

Vive Loyola !

L'ABBÉ DE LAMENNAIS, trébuchant.

Vive le Souverain Pontife !

LE P. FORBIN DE JANSON, jetant en l'air sa serviette.

Arrive qui plante ! Il faut jouir de notre reste,
achevons gaîment le jubilé !

LE P. GUYON, le verre en main.

A la mémoire du P. Guignard. (*)

TOUS LES PÈRES, se levant.

A la mémoire du père Guignard !

TOUTES LES FILLES, se soutenant après les pères.

A la mémoire d... du père Guignard !

(On boit.)

LE P. MACARTY.

A la mémoire du père Guéret ! (**)

TOUS LES PÈRES.

A la mémoire du père Guéret !

TOUTES LES FILLES, ivres.

A la mé... mémoire... du... père Guéret.

(On boit.)

UN PÈRE, se levant.

Au glorieux martyre de Ravaillac !

---

* Jean-Guignard, banni en 1599.
** Également banni.

TOUS LES PÈRES.

Au glorieux martyre de Ravaillac!

TOUTES LES FILLES.

Au glo... glo...rieux martyre de Ra.... Ravaillac!

(On boit.)

LE P. FORBIN, ivre; il se lève et se cramponne.

A la san....anté du p....père... Ro...Roo...thaam, no... o...otre général.

TOUS LES PÈRES.

A la santé du père Roothaam et à son bon voyage!

TOUTES LES FILLES.

A son bon v'yagé.

(On boit.)

L'ABBÉ DE LAMENNAIS.

Il ne manque plus que lui à la fête; il ne doit pourtant pas tarder à arriver à Paris pour se mettre à la tête des affaires... En attendant, comme disait le père Forbin, achevons gaîment le jubilé!... (Il boit.) Chantons!

TOUS LES PÈRES.

Chantons, dansons!

TOUTES LES FILLES.

Chantons, dansons, roulons!

TOUS LES PÈRES, riant.

Tout le tremblement, quoi !

CHOEUR.

Alleluia !
Quel jour de fête !
Quelle goguette !
Accourez-tous !
Que le vin coule !
Que chacun roule !
Enivrons-nous !
Que les bacchanales
Soient, dans nos annales,
Près des saturnales !
Buvons, chantons, sous un pouvoir divin
Et gorgés d'amour et de vin,
Qu'à son tour, sous notre furie,
Chaque femme rie,
Glisse, tombe, crie,
Et que cette orgie
Nous réduise tous à *quia !*
Alleluia !

(On boit.)

LE PÈRE RONSIN.

De nos terriers nous ressortons nos têtes;
A Polignac nous transmettons nos droits,

Et nous venons ressaisir nos conquêtes
Sur les Français redevenus Gaulois.
Courage, enfans ! on nous fête, on nous aime ;
Dans la balance encore un diadème,
        Nous aurons dix têtes de rois.
Courage, enfans ! recommençons nos fêtes !
        Tous nos péchés nous sont remis ;
        Ouvrons-nous de nouveaux crédits,
        Un jubilé paîra nos dettes !

CHOEUR.

        Alleluia !
    Quel jour de fête, etc.

            (On boit.)

LE PÈRE ROZAN.

Mais les chrétiens vont assiéger nos temples ;
A l'indulgence ils ont part comme nous ;
Leur tiédeur a besoin d'exemples,
Nous tomberons, s'il faut, à deux genoux.
Frère Flappart, toi, tu feras la glose,
Toi, le sermon ; moi, qu'on rie ou qu'on glose,
Je quêterai ; nous confesserons tous :
Avec cela du bruit et des cantiques,
        Des lumières et de l'encens,
        Musique de trois régimens,
        Deux évêques et six reliques !

CHŒUR.

Alleluia !
Quel jour de fête, etc.

(On boit.)

LE PÈRE GUYON.

Plaçons-nous tous contre ces meurtrières ;
A la faveur de ces plâtres vieillis,
Reconnaissons , sans troubler leurs prières,
Ces bons chrétiens dans la nef recueillis.
Voici d'abord nos chœurs de jeunes filles :
Rien ne leur fait !... Toujours aussi gentilles !...
Quoi ! tant d'attraits seraient déjà cueillis !...
A leurs côtés un vieux paillard tout blême...
Et puis... là-bas, sur le devant,
L'abbesse de certain couvent,
En tête du couvent lui-même.

CHŒUR.

Alleluia !
Quel jour de fête, etc.

(On boit.)

L'ABBÉ DE LAMENNAIS.

Un peu plus loin, près de ce siècle en mouches,

Jule * en ses mains pétrit de vieux lambeaux :
Bon ! c'est *leur* Charte, il en fait des cartouches
Qui de *leurs* libertés salueront les tombeaux !

UN JÉSUITE.

Mais sous nos yeux, ciel ! quels fantômes passent !
Les morts, je crois, près des vivans se placent !
Et ce bruit sourd, c'est le choc de leurs os !
Chacun s'unit, s'ajuste, s'entrelace !...

UN AUTRE JÉSUITE.

C'est Ravaillac qui se traîne à pas lents !
Et Louvel, les deux bras sanglans,
Qui, je crois, nous regarde en face !..

CHOEUR.

Alleluia !
Quel jour de fête, etc.

(On boit.)

LE PÈRE FORBIN.

C'est à midi que l'indulgence expire.
Régnons enfin, sans affermer nos droits !
Pour décider du sort de quelqu'empire,
J'ai là trois dés et deux crânes de rois ** !

---

* Le prince Jule de Polignac.
** Henri III et Henri IV.

Courage, enfans, recommençons nos fêtes !
Un jubilé nous éteindra nos dettes :
Car il suffit, mes pères, je le vois,
Pour regagner le Ciel, qui vous échappe,
Ressusciter son crédit au saint-lieu,
Solder un compte en souffrance chez Dieu,
    Il suffit....

TOUS.

   de tuer un pape !

CHOEUR.

    Alleluia !
   Quel jour de fête !
   Quelle goguette !
   Accourez-tous !
   Que le vin coule !
   Que chacun roule !
   Enivrons-nous !
   Que les bacchanales
   Soient, dans nos annales,
   Près des saturnales !
Buvons, chantons, sous un pouvoir divin
  Et, gorgés d'amour et de vin,
  Qu'à son tour, sous notre furie
    Chaque femme rie,
    Glisse, tombe, crie,

5

Et que cette orgie
Nous réduise tous à *quia!*
Alléluia!

(Les flots de vin coulent, on crie, on tombe, on se roule, on
s'endort et le sabbat finit.)

SCÈNE V.

PRÉFECTURE DE POLICE.

RÉUNION GÉNÉRALE.

(Division des personnages par catégories.)

PREMIÈRE CATÉGORIE.

MM. DE VILLÈLE, président; DE POLIGNAC,
LABOURDONNAYE, BOURMONT, COUR-
VOISIER, CHABROL, D'HAUSSEZ, MONT-
BEL, MANGIN.

DEUXIÈME CATÉGORIE.

MM. DE PORTALIS, PEYRONNET, COR-
BIÈRE, CLERMONT-TONNERRE, PUY-
MAURIN, RAVEZ, DUC D'AUMONT, CAR-
DINAL DE CROI, DE MAISTRE, BACOT

DE ROMANS, S. DE LA ROCHEFOU-
CAULT, VAULCHIER, VITROLLES, BOIS-
BERTRAND, ROGER, TROUVÉ, AMY,
PARDESSUS, LABOULAYE, MAUBREUIL,
SIRIEYS DE MARINHAC, BERRYER, FILS,
LEVAVASSEUR, MENJAUD DE DAM-
MARTIN,

TROISIÈME CATÉGORIE.

MM. DE BONALD, DE LAMENNAIS, FRAYS-
SINOUS, GÉRARD, peintre; CUVIER, QUA-
TREMÈRE DE QUINCY, DUPUYTREN,
DRAPARNAUD, RÉCAMIER, LAUREN-
TIE, COTTU, MADROLLE, COLNET, O-
MAHONY, BERBIGUIER DE TERRE-NEU-
VE; Mmes DE GENLIS, IDA DE SAINT-
ELME.

QUATRIÈME CATÉGORIE.

AMBASSADES DE MAHMOUD II, DE DON MI-
GUEL Ier, DE FERDINAND VII., DE MET-
TERNICH Ier, DE WELLINGTON Ier; LE
MAIRE DE LYON, CHODRUC DUCLOS.

CINQUIÈME CATÉGORIE.

MM. RONSIN, FORBIN DE JANSON, GUYON,
ROZAN, MACARTY, PAIN, VIDOCQ,

5.

LE COMITÉ DIRECTEUR,
LOURDOUEIX, COCO-LACOUR, CHAZET,
OUVRARD, BRIFFAUT, FRANCHET, CON-
TRAFATTO, DELAVAU, MAINGRAT, MAR-
TAINVILLE, *gendarmes,* LA ROCHE-AR-
NAUD, *mouchards,* GENOUDE, *jésuites.*

(Les membres de chaque catégorie s'entretiennent quelques
minutes ensemble; peu à peu l'on se détache, l'on se con-
fond, l'on se mêle. La salle de réunion offre l'aspect d'un
bal masqué. Insensiblement de petits groupes se forment,
les conversations particulières s'établissent, en attendant
M. de Villèle, qui n'a pas encore paru. M. de Bourmont
passe sans cesse d'un groupe à un autre; l'homme à la longue barbe se promène circulairement avec gravité; Berbiguier, dans un coin, attrape des mouches; Mme Ida de
Saint-Elme parcourt en tous sens l'assemblée, le mouchoir
à la main et souriant à tous; des mouchards rôdent de tous
côtés, et les gendarmes, rangés autour de la salle, sous le
commandement de Foucault, figurent un cordon sanitaire.)

PREMIER GROUPE.

MINISTRES, AMBASSADEURS.

(Les ambassadeurs remettent chacun leurs dépêches à M. de
Polignac.)

M. DE POLIGNAC, aux ministres, après avoir jeté les
yeux sur la suscription.)

M. de Villèle! M. de Villèle!.. messieurs, tout
est pour M. de Villèle.

LES MINISTRES.

Il se fait bien désirer.

M. DE LABOURDONNAYE., gaîment à l'ambassadeur ottoman.

Eh bien! ce cher sultan Mahmoud fait-il toujours couper quelques têtes, étrangler quelques pachas?.

L'AMBASSADEUR TURC.

Eh! eh! pas mal, par Mahomet!

M. DELAVAU, qui s'est glissé dans le groupe.

La boucherie donne assez dans ce pays-là.

M. MANGIN.

Et chez sa majesté don Miguel elle ne donne pas mal aussi.... Qu'en dit M. l'ambassadeur portugais? en a-t-on châtié quelques uns?

L'AMBASSADEUR DE PORTUGAL, sans s'émouvoir.

Il en reste encore.

M. DE LABOURDONNAYE.

Ce don Miguel finira par devenir légitime.

L'AMBASSADEUR D'ESPAGNE, faisant le signe de la croix.

Légitime! *Ave Maria pourissima!* il l'est légitime! *Mi maestro el rey Fernando*, il l'a bien reconnou et *el* Pape aussi! et *el* jour qu'il est arrivé à Madrid, l'ambassadour de don Miguel, *mi Fernando* loui a donné oun bien bel amousement.... oun auto-da-fé fort gentil, ma foi, *hermosito*, douze hérétiques!...

M. DE MONTBEL.

Ça sentait-il le roussi?

L'AMBASSADEUR D'ESPAGNE, se signant.

Ave Maria pourissima! à pleine bouche!....

(Ici, passe madame Ida de St-Elme; elle sourit, en agitant son mouchoir, à toutes les personnes qui composent le groupe.)

M. DE POLIGNAC, à l'ambassadeur d'Autriche.

Metternich, comment se porte-t-il?

L'AMBASSADEUR D'AUTRICHE, flegmatiquement.

Bien.

M. DE CHABROL.

Et l'Autriche?

L'AMBASSADEUR D'AUTRICHE.

Bien.

M. DE LABOURDONNAYE.

Toujours de même; le calus est formé, elle est plombée.

M. DE POLIGNAC.

A propos! j'oubliais, et ce cher Wellington!.. je ne l'ai pas vu depuis ma dernière traversée.

L'AMBASSADEUR D'ANGLETERRE.

Sa Grâice faire moi dire à vous : La France

appartenir à l'Angleterre, or l'Angleterre appartenir à Sa Grâice, donc la France appartenir à
Sa Grâice.

M. DE POLIGNAC.

C'est incontestable.

DEUXIÈME GROUPE.

MM. SOSTHÈNES DE LAROCHEFOUCAULT, BACOT DE ROMANS.

M. SOSTHÈNES.

.... Parce que dans une administration il faut
des mœurs.... et des robes longues.

M. BACOT.

C'est pour cela que mes administrés ne pou-
vaient se marier sans ma permission... autrement, qu'en serait-il résulté? des...

M. SOSTHÈNES, interrompant avec feu.

Des mésalliances! des accouplemens mons-
trueux!.... des ducs, des marquis, des comtes
avec des.... maréchaux!... Tenez, rien que d'y
penser, j'ai le frisson de la fièvre, et si on n'avait
des mœurs, on serait capable d'oublier la voix
de la nature, la voix du sang!....

(Passe madame Ida de St-Elme, qui leur sourit, en agitant
son mouchoir.)

M. BACOT.

Laissez-moi faire, je rédigerai un projet de loi pour la session de 1830.

M. SOSTHÈNES.

Obtiendrons-nous un seul vote?...

M. AMY, qui a entendu.

C'est si facile!... il s'agit tout bonnement de...

TROISIÈME GROUPE.

LE PÈRE RONSIN, MADAME DE GENLIS.

MADAME DE GENLIS.

Mon père, je m'accuse de n'avoir entendu hier que la moitié d'une messe et la moitié d'une autre.

LE-P. RONSIN.

Deux moitiés de messe en valent une, mon enfant. Il est des accommodemens avec les pratiques de notre sainte religion. Je suppose même que vous arriviez à l'église dans l'instant où quatre messes sont célébrées : l'une commence, l'autre est à l'évangile, la troisième à l'élévation et la dernière finit; du moment que vous avez entendu le célébrant de la dernière messe se tourner du côté des assistans et dire : *Ite, missa est,* vous pouvez sortir, vous ayez entendu une messe entière.

MADAME DE GENLIS.

Mon père, j'ai des distractions en priant.

LE P. RONSIN.

Mon enfant, l'intention seule fait le crime, et, lorsque vous priez, fussiez-vous assiégée de pensées mondaines, de désirs impurs, vous n'en satisfaites pas moins au précepte de la prière.

(Passe madame Ida St.-Elme qui fait des mines au P. Ronsin, en agitant son mouchoir.)

MADAME DE GENLIS.

Mon père, j'en veux à toutes ces femmes célèbres qui ont aujourd'hui ce que j'avais... longtemps avant la révolution.

LE P. RONSIN.

Mon enfant, on peut vouloir du mal au prochain sans pécher, lorsqu'on y est poussé par quelque bon motif.

MADAME DE GENLIS.

Mais cette *envie* qui me tourmente, qui m'anime, qui me révolte contre tout ce qui est gloire, talent, renommée ?

LE P. RONSIN.

Cette *envie* n'est qu'un tout petit péché véniel,

puisqu'elle ne s'étend qu'au bien temporel, et le
bien temporel est de si peu de valeur aux yeux
de Dieu.

QUATRIÈME GROUPE.

MM. DE CORBIÈRE, DE PUYMAURIN, SIRIEYS DE MARINHAC, FORBIN DE JANSON, GUYON, PÈRES.

M. SIRIEYS DE MARINHAC.

... Oh oui! ça sera conséq... (se reprenant) considérable, un projet de loi comme celui-là.

M. DE PUYMAURIN.

Celui-là et bien d'autres. La censure, le droit
d'aînesse, les droits féodaux, les miracles... nous
serons bientôt au onzième siècle.

LE P. FORBIN.

C'était le bon temps.

M. DE CORBIÈRE.

Pour les seigneurs.

LE P. GUYON.

Et pour les moines.

M. SIRIEYS DE MARINHAC.

Et pour les bêtes.

M. DE CORBIÈRE.

Qui aura le département des miracles?

LE P. FORBIN.

Le curé de Migné, le prince de Hohenlohe...

M. SIRIEYS DE MARINHAC.

Mademoiselle Lenormand...

(Passe madame Ida de St-Elme, toujours en souriant et en agitant son mouchoir.)

M. DE CORBIÈRE.

Il faudrait que la France devînt anabaptiste,

LE P. GUYON.

Tout ce qu'on voudra. Elle ne porte déjà pas mal nos croix... et elles sont d'un calibre!... cent personnes là-dessous... d'abord, moi, quand je monte sur une croix et que je commande les mouvemens et les évolutions, je me dis : ce sont pourtant des créatures humaines qui me portent : la croix est lourde, modérons-nous ; pas d'enthousiasme, pas de fanatisme.... pour le moment.... il faudrait si peu de chose pour les écraser !

CINQUIÈME GROUPE.

L'AMBASSADEUR DE PORTUGAL, M. DE LAURENTIE.

(L'ambassadeur de Portugal, qui a aperçu M. de Laurentie, quitte le groupe des ministres.)

L'AMBASSADEUR.

Je suis chargé, monsieur, de la part de mon doux, légitime, gracieux, clément et accommodant souverain, don Miguel Ier, de vous offrir les témoignages de son estime et de son amitié. Il vous invite à loui rendre ouna visite à Quélouz.

M. DE LAURENTIE, qui recule d'effroi.

Merci! merci!

L'AMBASSADEUR.

Il vous traitera en portugais (M. de Laurentie fait un bond), en ami (M. de Laurentie fait un autre bond), en parent.

M. DE LAURENTIE, qui fait un troisième bond.

Grand merci!

(Passe madame Ida de St.-Elme qui sourit et agite son mouchoir.)

L'AMBASSADEUR, à M. de Laurentie.

Ou en anglais, si vous aimez mieux.

M. DE LAURENTIE, rassuré.

A la bonne heure. Mais, monsieur l'ambassadeur, ayez la bonté de remercier très humblement votre bon, clément et gracieux souverain; dites-lui bien que je suis honoré des témoignages de son amitié... qu'il me la conserve... de loin.

SIXIÈME GROUPE.

MM. DE BONALD, LAMENNAIS, FRAYSSINOUS, MADROLLE, COTTU, LEVAVASSEUR, MENJAUD - DE - DAMMARTIN, LOURDOUEIX, PAIN, CHAZET, BRIFFAUT.

M. DE BONALD.

Tant que la censure ne sera pas rétablie...

L'ABBÉ DE LAMENNAIS.

Le trône pontifical sera tremblant sur sa base.

M. LEVAVASSEUR.

La censure! la censure! à quoi bon?

M. MENJAUD DE DAMMARTIN.

Adieu les réquisitoires!

L'ABBÉ DE LAMENNAIS.

Et où serait le mal ?

M. LEVAVASSEUR.

On voit bien que M. l'abbé a encore sur le cœur certaine police correctionnelle...

(Passe madame Ida de St-Elme, en souriant et agitant son mouchoir.)

CHAZET.

En attendant, la censure théâtrale poursuit sa course à pas de géant, elle est immuable.

BRIFFAUT.

Et nous épurons les lumières...

M. LEVAVASSEUR.

En les éteignant.

PAIN.

Vos ciseaux ne chôment pas... C'est comme les miens... jadis!...

LOURDOUEIX.

Et puis cela vous amuse; on coupe, on taille, on extrait l'esprit, la fleur, l'essence d'une pièce; ce n'est plus qu'un tronc, un cadavre presque... ça ne laisse pas que de faire plaisir.

BRIFFAUT.

Surtout quand il y a jalousie de métier, lorsqu'on a des rivaux; l'amour-propre, l'émulation

s'en mêle; j'écris moi-même, tandis que je trace
en noir les écrits des autres; j'en mets de mon
côté autant que j'en ôte du leur, et je suis étonné
de voir tout-à-coup passer dans mes ouvrages
tout l'esprit des ouvrages des autres.

MADROLLE.

Ménagez-moi, entendez-vous!

SEPTIÈME GROUPE.

LE BARON TROUVÉ, DRAPARNAUD.

LE BARON TROUVÉ.

Franchement, n'est-ce pas que mes vers sont
bons?

DRAPARNAUD.

Lesquels?

TROUVÉ.

Enfin, mes vers!

DRAPARNAUD.

Entendons-nous! ceux de la révolution, ceux
de l'empire, ou ceux de la restauration?

TROUVÉ.

Tous.

DRAPARNAUD.

Ceux de la révolution, bien forts; ceux de

l'empire, bien souples; ceux de la restauration,
bien plats.

TROUVÉ.

Je vous suis infiniment obligé.

(Passe madame Ida de Saint-Elme, jouant de la prunelle et du
moucboir.)

DRAPARNAUD.

Et les miens, qu'en dites-vous ?

TROUVÉ.

Vos vers ! lesquels ?

DRAPARNAUD.

Cette question... mes vers !

TROUVÉ.

Un instant : ceux de la révolution, ceux de
l'empire, ou ceux de la restauration ?

DRAPARNAUD.

Oh !... oh! que c'est mauvais !...

HUITIÈME GROUPE.

MAINGRAT, VIDOCQ, MARTAINVILLE, CONTRAFATTO, COCO-LACOUR.

MAINGRAT, un manuscrit à la main.

Écoute-moi, mon cher Martainville, si tu viens
à être nommé censeur, épargne-nous... hein?

MARTAINVILLE.

Comment donc !...

CONTRAFATTO.

C'est un tout petit ouvrage de morale à l'u-
sage des jeunes filles.

MAINGRAT.

Et des jeunes femmes.

MARTAINVILLE, leur prenant la main.

Comment donc, mais entre amis...

COCO-LACOUR, à Maingrat et à Contrafatto.

Vous ne voulez donc plus faire *l'escarpe*, plus
étourdir de femmes ni de filles !

MAINGRAT ET CONTRAFATTO.

Ça n'empêche pas.

MARTAINVILLE.

Ça n'empêche pas.

(Passe madame Ida de St-Elme qui fait des mines et agite
son mouchoir.)

VIDOCQ, à Coco-Lacour.

Viens-nous-en, Coco ! qu'avons-nous besoin
de nous *enflaquer* parmi cette canaille... çà re-
tournera bientôt à *la planche au pain*.

COCO-LACOUR.

Tu as raison, et ça sera *fauché*, viens nous-
en !

6

(Dans ce moment, un bruit de sonnettes se fait entendre, les
portes s'ouvrent ; M. de Villèle entre, précédé de M. Ravez
qui, en marchant, agite une multitude de petites sonnettes
qui pendent à un collier attaché à son cou. On reprend ses
places. MM. de Labourdonnaye et Mangin qui étaient abou-
chés depuis long-temps dans l'embrasure d'une croisée, en
sortent au bruit des sonnettes.)

M. DE LABOURDONNAYE, à M. Mangin.

Ainsi c'est convenu, n'est-ce pas ?

M. MANGIN.

D'accord.

M. DE LABOURDONNAYE.

Voyez-vous, c'est le meilleur parti à prendre
dans l'intérêt de la patrie.

(Les sonnettes de M. Ravez retentissent, le silence s'établit.)

M. DE VILLÈLE, qui a reçu les félicitations et les flatteries
des ministres, et a pris connaissance des dépêches... (nasillant et accentuant.)

Lé comité-directur ! lé comité-directur? tous
les gouvernémens, tout lé mondé s'en plaint. Paris est lé centré des factions.... il faut en fairé
justicé dé cé comité-directur, il faut lé trouver enfin et l'anéantir! pour céla, Mahmoud
m'envoie un cordon, Wellington un gibet, Metternich un bâton, don Miguel uné croix et Fer-

dinand *un* bûcher... Et vous, mon*siu lé* mairé dé
Lyo*n*, vénéz-vous aussi....

LE MAIRE DE LYON.

Vous dénoncer le comité-directeur et un de
ses membres les plus influens, Lafayette!

CHODRUC DUCLOS.

Au nom du peuple! et moi aussi je dénonce
le comité-directeur!

TOUTE L'ASSEMBLÉE.

Nous le dénonçons tous!

M. DE VILLÈLE, nasillant et accentuant.

Vous *lé* dénon*céz*! vous *lé* dénoncez! *lé* con-
naissez-vous? (Personne ne répond.) Si person*né né lé*
cou*n*aît, so*n* signalé*men*t dévie*n*t *un* pu difficile à
donner (on rit). Eh! qu'*im*porté, messi*u*rs! n'a-
vo*n*s-nous pas des *in*dices! les pr*u*ves nous man-
quent, c'est vrai;... mais nous agiro*n*s commé si
nous les avio*n*s! (on rit). Et messi*u*rs, n'est-cé pas
uniqu*é*me*n*t da*n*s cé but qué jé vous ai tous *in*vi-
tés à vous réunir ici? oui, messi*u*rs, c'est pour
prendré des mésurés co*n*tré *lé* débordéme*n*t dé cé
torre*n*t *im*pétue*ux*, co*n*tré *lé* comité-direct*u*r, e*n*
un mot, qué jé vous ai tous co*n*voqués; c'est
pour m'éclairer dé vos lumières, ava*n*t dé frap-
per *cé* grand coup d'état; mais e*n* attenda*n*t,
souffrez qué jé vous *im*posé les miennes.

6.

« Il existé, messiurs, *un* êtré invisiblé, *im*pal-
« pablé, sylphé, démo*n*, lut*in*, feu-follet, gno-
« mé, dji*n*, qui est partout et qui n'est nullé part,
« êtré transpare*nt*, aërien, idée, esprit, soufflé,
« fumée, êtré indéfinissablé, hydre à sept...a qué
« dis-je, à ce*nt* têtes, Briarée à millé bras, po-
« lypé, messiurs, qui sé réproduit sa*ns*-cessé sous
« millé formes et cépe*n*dant immuablé; *un* et
« multiplié tout à la fois, monstre, *en un* mot,
« qui embrasé tout dé ses f*u*x, qui versé son
« influe*n*çé sur uné factio*n* ménaçanté, do*n*t tous
« les me*m*brés né sé nourrissent, commé les gou-
« les, qué dé cadavres exhumés. Ces me*m*brés,
« *un* poig*n*ard à la m*ai*n (on rit), et suspe*n*dus
« sur les flancs e*nt*r'ouverts d'*un* enfant égorgé,
« jurent lé re*n*versémé*nt* dé l'autel et du trôné et
« lé bouléversémé*nt* du globé. Et vous n'*en* sérez
« pas étonnés, messiurs, quand vous appre*n*-
« drez qué les me*m*bres dé cet i*n*fâmé comité
« so*nt* aussi tous initiés aux horribles mystères
« des carbo*n*ari, des caldérari et des fra*n*cs-mâ-
« çon*s*, aux associatio*n*s bréton*n*é, lorrainé, bour-
« guigno*n*é et parisienne.

« Voilà, voilà les hommes qué nous tous qui
« composo*n*s cette honorable assemblée, tous
« honnêtes ge*n*s ou gascon*s*, nous dévo*n*s pour-

« suivré d'uné guerre éternellé.... Mais *un* mo-
« ment, Mess*i*urs, *un* moment... Si vous coupez
« *un* membré, les autres conservent lurs forces
« et l*ur* vig*u*r, plus dé vig*u*r p*u*t-êtré, ta*n*t qué
« la têté les anime et l*u*r donné la vié ; mais si
« vous coupez la têté, membrés, tro*n*c, tout est
« an*é*a*n*ti, tout est mort ! Eh bie*n*, Mess*i*urs,
« attaquo*n*s la têté ! frappo*n*s-la au c*u*r la têté !...
« (On rit.) Trouvo*n*s cet être *in*visiblé, *im*palpablé,
« cé monstré.... désencha*n*tons-lé !... Vous mé di-
« rez, Mess*i*urs ; *un* lut*in*, *un* gnomé, *comment*
« lé désencha*n*ter ?... C'est faci*l*é, c'est très faci*l*é ;
« n*é* sommes-nous pas bie*n*tôt au o*n*zièmé sièclé !
« Eh bie*n*, Mess*i*urs, au o*n*ziémé sièclé, nous
« avons les co*n*juratio*n*s, les exorcismes. Laissez,
« laissez-moi fairé, imitez-moi, et lé *bon* temps
« séra bie*n*tôt dé *r*étour avec tous ses droits sei-
« gn*u*riaux.... qui étaient, s*an*dis, dé fort jolis
« pétits droits !... (On rit.) Laissez-moi mé récra*m*-
« po*n*ner au pouvoir..... ça né tardéra pas, jé
« vous lé promets.... jé comme*n*cé à mé fairé dé-
« sirer ; jé sérai bie*n*tôt d'uné maniè*r*é plus pa-
« te*n*te à vot*r*é têté, et vous verrez alors.... Jé sais
« bie*n* qu'ils crieront, les autres... qu'ils mé cha*n*-
« téront... Qu'*im*porté, Mess*i*urs, jé dirai tran-
« qui*ll*éme*n*t comme lé fam*u*x cardinal : *Cantan*

« *pagaran*. Ils m'accuséront mêmé dé concus-
« sion, dé.... qué sais-jé!.... et moi, au liu dé
« lur répondré, jé biaisé, jé les tourné et jé
« rentré dans la question.... lé comité-directur,
« m'y voilà dans la question. » (On rit.)

« Des avis impórtans, des soupçons, des sémi-
« pruves mé-sont parvénus, Messiurs; lé comité-
« directur doit sé trouver immanquablément ou
« chez Laffitté, ou chez Franconi, ou chez l'en-
« chantur Habitt.. ou autré part (on rit). Avec
« des renseignémens aussi positifs (on rit) et un
« signalément aussi clair (on rit) qué célui qué
« j'ai eu l'honnur de vous donner tout-à-l'huré,
« nous né pouvons lé manquer, autrément lui
« né nous manquérait pas. » (On rit.)

« Ainsi, Messiurs, divisons-nous par colonnes
« imposantes et ménaçantes. La prémièré dé ces
« colonnes, composée des ministres et des am-
« bassadurs, et commandée par notre honorable
« ami Monsiu de Polignac, liuténant Martain-
« villé, sé dirigéra vers l'antré du magicien, dé
« l'enchantur Habitt. La duxièmé colonné, com-
« posée dé tous les nobles démissionnaires, fonc-
« tionnaires, savans, hommes dé lettres, com-
« mandés par lé siré Berbiguier dé Terré-Nuvé
« (qué j'aperçois dans un pétit coin attrapant des

« mouches), liuténant Chodruc Duclos, dit
« l'Homme à la longué Barbé; la duxièmé co-
« lonné, dis-jé, sé portéra sur lé Cirqué Olympi-
« qué. La troisièmé et dernièré colonné, composée
« dé condamnés, dé mouchards, dé censurs, dé gen-
« darmes et dé jésuites, et commandée par l'ex-chef
« dé la policé dé sûreté, Vidocq, liuténant Coco-
« Lacour, marchéra sur la rue d'Artois, et tous
« somméront tous les libéraux et membres dé
« l'horriblé comité, réunis sur ces trois points,
« dé lur livrer lé comité-directur. Huissier! ou-
« vrez l'arsénal, les colonnes vont prendré lurs
« armes. »

(On s'arme et l'on descend dans la cour de la préfecture,
où, à la lueur des torches, on se range par colonnes. Chaque commandant sé met en tête de la sienne. On n'attend
plus que le signal pour se mettré en marche. Mme Ida de
Saint-Elme traverse les rangs en minaudant et en agitant
son mouchoir.)

M. DE VILLÈLE, d'une des fenêtres.

Allons, Messiurs, dé l'ardur! Je prendrai part
à vos travaux et à votré gloiré auprès d'un bon
fu.... Partons!... jé vous attends.... jé vous suivrai
au miliu des périls!...

(M. de Villèle ferme la fenêtre, les colonnes s'ébranlent et
prennent chacune la direction indiquée.)

ACTE TROISIÈME.

SCÈNE PREMIÈRE.

SOIRÉE CHEZ M. LAFFITTE.

MM. LAFAYETTE, DE BELLEYME, P. DE LA MOSCOWA, DUC DE CHOISEUL, P. DE TALLEYRAND, COMTE DE SÉGUR, ROY, DECAZES, SÉGUIER, LALLY-TOLLENDAL, VATISMÉNIL, LAFFITTE, BENJAMIN-CONSTANT, CASIMIR-PERRIER, LE GÉNÉRAL GÉRARD, LAMARQUE, SÉBASTIANI, TERNAUX, ROYER-COLLARD, LABBEY DE POMPIÈRES, ÉTIENNE, MAUGUIN, DUPONT DE-L'EURE, VIENNET, BERTIN-DE-VAUX, DUPIN aîné, CHARLES DUPIN, GIROD-DE-L'AIN, JACQUEMINOT, MONTLOSIER, MARTIGNAC.

MM. CHATEAUBRIAND, LAMARTINE, VIC-
TOR-HUGO, BÉRANGER, CASIMIR-DE-
LAVIGNE, SCRIBE, CHARLES-NODIER,
BARTHÉLEMY, MÉRY, ANDRIEUX, VIL-
LEMAIN, COUSIN, AZAIS, KÉRATRY,
MERVILLE, LATOUCHE, NESTOR DE
LAMARQUE, ARNAULT père, LEMER-
CIER, SAINT - MARC - GIRARDIN, AL-
FRED DE VIGNY, JOUY, DE PRADT,
MALITOURNE, CAUCHOIS-LEMAIRE, RO-
MIEU, ANCELOT, SAINTINE, A. DUMAS,
ÉDOUARD D'ANGLEMONT, TAYLOR,
CAVÉ, ÉVARISTE-DUMOULIN, BERT,
JAY, CHATELAIN, MOREAU, ETIENNE-
BÉQUET, BERTIN aîné, BOHAIN,
MASSON, J. JANIN, VÉRON, DE CHA-
VANGES, LEPAGE, MÉRILHOU, BAR-
THE, BERVILLE, HARDY, DAVID,
sculpteur, ORFILA, BOIELDIEU, AUBER,
FRÉDÉRIC, LEMAÎTRE, POTIER, LA-
FON, PERLET, NOURRIT.

MMᵉˢ RÉCAMIER, DELPHINE-GAY, TASTU,
MARS, SONTAG, MALIBRAN, etc.

(Les entretiens particuliers s'animent ; quelques personnes.
viennent prendre part à la conversation générale dont le

centre s'est établi non loin de mesdames Récamier, Delphine-Gay, Tastu, Mars, Sontag, Malibran, etc.)

CASIMIR-PERRIER.

Il est mille autres abus que la France verra
disparaître avec le temps; nous occuper des besoins du peuple est aujourd'hui notre noble vo-
cation.

LAFFITTE.

Le premier de tous ses besoins est de vivre.
Proposez, messieurs, au gouvernement, dans la
session qui va s'ouvrir, une économie sur les objets de luxe, et que la vie du malheureux ne soit
plus le jouet de ces fluctuations de hausse et de
baisse dans la taxe du pain; qu'elle soit une, in-
variable; et si notre voix n'est pas entendue, unis-
sons-nous, pressurons-nous et faisons face à cette
économie.

LE DUC DE CHOISEUL.

J'offre la moitié de ma fortune!

DE BELLEYME.

Combien d'autres abus j'oserai signaler à la
tribune nationale, avant l'accomplissement de votre noble mission : *la contrainte par corps*, *la
peine capitale*, *la flétrissure*, fléaux dont mon
pays n'aurait plus à rougir, s'il eût été de mon

libre arbitre de l'en purger comme des abus de
simple police.

LE. CONSTANT.

Rassurez-vous, nos voix ne resteront pas
muettes.

LE G. GÉRARD.

Que le ministère actuel surtout n'aille pas sié-
ger en face de nous!

LE G. LAMARQUE.

Il serait stigmatisé d'un regard!

ROYER-COLLARD.

Nous vous félicitons, M. de Martignac, de ne
pas être du nombre.

M. DE MARTIGNAC., finement.

C'est à moi, messieurs, de vous en féliciter.

SÉBASTIANI.

Il existe pourtant des êtres qui se prosternent
devant de telles idoles!

CH. DUPIN.

Gens en arrière de dix siècles!

LABBEY DE POMPIÈRES.

Insensés, qui nient le mouvement, quand tout
marche autour d'eux!

BERTIN DE VAUX.

Stationnaires, au milieu de l'ébranlement général!

MAUGUIN.

En effet je crois que nous remontons.

DUPIN AÎNÉ.

Quel siècle succédera donc au dix-neuvième siècle?

TALLEYRAND.

Le onzième.

DUPONT DE L'EURE.

S'il ne dépendait que d'eux, nous y serions ramenés.

VIENNET.

J'en connais d'une ignorance brute, superstitieux comme les augures eux-mêmes, qui parlent de droits féodaux, de sorciers, de talismans et d'amulettes, avec une naïveté digne des Gaulois nos bons aïeux.

ÉTIENNE.

Ils assisteraient sans s'émouvoir et avec une dignité sénatoriale à cette fête des ânes qu'on revêtait de chapes de prêtres et qu'on introduisait dans l'église pêle-mêle avec les prostituées.

DE PRADT.

Ou bien à un feu de la Saint-Jean, dans lequel on grillait quelques douzaines de chats.

GIROD DE L'AIN.

Et notez bien que François Ier, *le père des Lettres*, alluma souvent le feu, le premier, au bruit de douze coups de canon.

SÉGUIER.

Dessillez donc de tels hommes! le moyen que l'équilibre soit maintenu!

B. CONSTANT.

Et puis viennent les scissions, les schismes, les animosités de tribune, l'aigreur des partis, les dissensions, les guerres civiles.

LAFAYETTE.

Le bonheur de la France est-il donc si difficile!

LAMARTINE.

Je l'ai rêvé quelquefois.

LAFAYETTE.

Faut-il déjà rompre avec les beaux souvenirs de nos travaux et de notre gloire?

BÉRANGER.

C'est en rêve aussi que je les ai chantés.

DELPHINE-GAY , avec feu.

Ah! si son bonheur ne dépendait que de moi!

MADAME RÉCAMIER.

Ne pourrions-nous pas y contribuer? n'avons-nous pas aussi des droits à la défense de notre pays?

MADAME TASTU.

Nos voix ne seraient-elles pas retentissantes à une tribune ! enfin qui empêcherait que nous-mêmes ne fussions aussi *députés ?*

MADEMOISELLE MARS.

En dépit de la loi Salique !

M. DE MARTIGNAC.

Pour être député, mesdames, il faut avoir quarante ans... et vous ne les aurez jamais.

MADAME RÉCAMIER.

Pourquoi faut-il quarante ans ? Il me semble pourtant qu'on a cessé d'être jeune ; ce n'est plus aujourd'hui que la vieillesse peut revendiquer exclusivement le privilége de l'expérience. Qu'en dit M. de Châteaubriand ?

CHATEAUBRIAND.

En effet, madame, la génération actuelle est plus précoce, l'instruction nous mûrit avant le temps, on se hâte dans la vie, on se dépêche de vivre.

SCRIBE.

Les fruits nous ravissent plutôt la jouissance des fleurs.

ANDRIEUX.

Enfin l'on a de l'esprit.... avant de naître.

SCRIBE.

Oui, c'est pour cela qu'après il arrive souvent
qu'on n'en a plus.

CHARLES-NODIER.

Ajoutez, qu'il est telles commotions dans le
système moral qui vous font, pour ainsi dire, en-
jamber vingt années de votre existence et vous
rendent déjà digne du conseil, quand vous pouvez suffire encore à l'exécution. On était irrésolu,
on est devenu positif; superficiel, on est profond.
On plonge si avant, que l'on s'use à force de vivre. L'abus que nous avons fait de tout nous a
affadis sur tout. Il nous faut maintenant des distractions plus fortes, plus nourries. On a cessé
d'être jeune, comme le disait madame, nous sommes tous vieux, nous aimons à raffiner nos goûts,
à raisonner nos jouissances.

VICTOR-HUGO, brusquement.

Plus! plus de ces plaisirs tant de fois par nous
épuisés et prostitués! C'est du vierge qu'il nous
faut! le palais ne peut plus être chatouillé, il
faut qu'il soit emporté!

CASIMIR-DELAVIGNE.

Mais non pas au point de ne pouvoir plus re-
commencer. Je le sais, l'oreille paraît désormais
insensible à la cadence, les vers sont frappés

d'ostracisme; on veut de la prose concise, éner-
gique, sublime.

BARTHÉLEMY.

Et l'on refait des préfaces. Une préface ne se
lisait plus et l'on fait si bien qu'on ne lit plus
que les préfaces....

CASIMIR-DELAVIGNE.

Bien substantielles, bien dramatiques. Tous les
esprits fermentent vers ce but, toutes les têtes
sont dramatisées. Il faut remuer plus fortement
le cœur engourdi du beau monde et secouer
avec plus de vigueur les entrailles robustes de la
foule. Mais il y a des bornes, même dans les
écarts. La révolution menace, il est vrai; mais trop
téméraire, voyez jusqu'ici les fruits qu'elle a ger-
més !

ANCELOT.

Des chutes! des chutes! et puis des chutes!

VICTOR-HUGO, avec force.

Et n'a-t-on pas vu que l'*aigle tombé* pouvait se
relever encore!

LAMARTINE, avec enthousiasme.

Ballotté d'abord... mais enfin bercé par la tempête!

DELPHINE-GAY.

Ainsi point d'école, point de système : être soi;

le beau est toujours beau, indépendamment des règles, des formes et du temps.

SCRIBE.

N'exagérons point, Corinne, le beau est toujours beau; mais il doit être accessible à tous! Peut-être n'admirerions-nous pas de si près votre bouche, sans les beaux yeux qui nous attirent.

(Toute l'assemblée se trouve réunie et fait cercle autour des dames.)

MADAME RÉCAMIER.

Mais voyez-vous, Delphine?... quel cercle brillant nous environne!

MADEMOISELLE MARS, avec feu.

Dix siècles de souvenirs!

MADAME TASTU, de même.

Il y a là de la gloire!

DELPHINE-GAY, de même.

Toutes les gloires de la patrie!

CHATEAUBRIAND.

Votre cortége, vous le voyez.

DELPHINE-GAY, mélancoliquement.

Mais un regret... un seul regret détruit pour moi tout le charme, désenchante tout... Pourquoi de l'or à travers ce prisme de gloires! n'étiez-vous pas, pour ce soir au moins, assez riches

7

d'avenir?... ah! j'en suis sûre, vous avez apporté de l'or!...

LAFFITTE, présentant une bourse à Delphine-Gay.

Il était indispensable, Delphine. La gloire et l'avenir... pour nous qui avons le présent... mais les malheureux...

(Delphine-Gay prend la bourse avec la plus grande émotion qui se communique à toute l'assemblée; elle circule et recueille pour les pauvres une aumône abondante.)

DELPHINE-GAY, à sa place avec des larmes de joie.

Ah!... maintenant je suis heureuse!

LAMARTINE, improvisant avec enthousiasme.

Heureuse mille fois la main qui la première,
S'abaissant sur ses yeux essuira sa paupière!
Heureux le jeune ami dont le chaste désir
D'un sein timide encor cueillera les prémices,
Et sur cette ame ardente épîra les délices
Du dernier battement et du premier plaisir!

(On se lève avec émotion, le concert commence, Nourrit, mesdames Sontag, Malibran, chantent, Boïeldieu et Auber les accompagnent. Mais le concert est interrompu par l'arrivée subite des domestiques effrayés qui crient à M. Laffitte.)

Monsieur! Monsieur! toute la police est dans la cour!

TOUS, étonnés.

La police!

LAMARQUE.

Qu'a-t-elle à faire ici ?

LAFFITTE.

La maison d'un citoyen n'est donc plus inviolable !

VIDOCQ, dans la cour, à la tête de sa colonne.

Au nom de la loi, dont nous sommes les instrumens, nous venons faire des perquisitions.

LE G. GÉRARD, à la fenêtre.

Au nom de la loi, dont nous sommes les défenseurs et les interprètes, je vous somme de vous retirer !

LAFAYETTE, avec calme.

Mes amis, pas d'imprudence ; ils obéissent, ils font leur métier : je vais faire mon devoir. (Il veut sortir.)

LAFFITTE, le retenant.

Je ne souffrirai pas que vous vous compromettiez au milieu de pareilles gens, que vous vous exposiez parmi des gendarmes, des...

LAFAYETTE, avec dignité.

Je me suis bien exposé parmi des bourreaux.

(Lafayette descend et paraît au milieu de la colonne avec un air de calme et de dignité. A sa vue tous se découvrent, inclinent la tête avec respect et se retirent dans le plus profond silence.)

7.

SCÈNE II.

CIRQUE-OLYMPIQUE.

(Les exercices d'équitation sont terminés; entr'acte de la pièce de l'Éléphant. On place des chaises dans le manége.)

UN GARÇON DE CAFÉ.

Limonade! de la bière!

UNE VOIX, des premières.

Ici, garçon, ici!

UNE AUTRE VOIX.

La toile! la toile! (On siffle.)

FANFAN, criant de l'amphithéâtre.

Oh! hé! Boissec!

BOISSEC, du paradis.

Oh! hé! Fanfan, hé! arrive donc par ici!

FANFAN.

J'puis pas, j'suis pris, j'ai ma particulière.

BOISSEC.

Et moi, la femme à Perrin.

(On siffle, on trépigne.)

PLUSIEURS VOIX.

Bravo! bravo!

D'AUTRES VOIX.

La toîle! la toile!

FANFAN, criant.

Boissec, tu sais pas; j'suis marié.

BOISSEC.

Ah! et où s'qu'elle est, ta femme?

FANFAN.

Ici, à côté de moi.

BOISSEC.

Oh! c'te tête! (Éclats de rire bruyans dans toute la salle.)

PLUSIEURS VOIX.

La toile! la toile!

FANFAN.

Dis donc, Boissec, c'est'i qu'elle est indisposée, mamzelle Djeck?

BOISSEC.

Oui, elle est sujette aux vapeurs.

FANFAN.

Faudra l'y jeter ton mouchoir.

BOISSEC.

Ah! ben oui, une nappe!

FANFAN.

Avec de l'eau de Cologne.

BOISSEC.

Ah! ah! ah! de l'eau de Cologne.... du vinai-
gre des quatre voleurs plutôt !

TANFAN.

Est-c'que t'en a un flacon?

BOISSEC.

Dis donc un tonneau!

LE PARTERRE, en masse.

La toile! la toile! enfin la toile!

(On siffle des airs avec accompagnement de trépignemens et
de voix discordantes. La toile se lève.)

PLUSIEURS VOIX.

Ah! ah! ah!

LE RÉGISSEUR, après les trois saluts.

Messieurs, mademoiselle Djeck ne s'est pas
rendue à son devoir... (Éclats de rire aux premières.)

UNE VOIX, de l'amphithéâtre.

Qu'elle vienne faire des excuses. (Éclats de rire
dans toutes les parties de la salle.)

LE RÉGISSEUR, qui est allé du côté de la coulisse, quand le
silence est rétabli.)

Messieurs, j'avais été induit en erreur. L'éléphant vient d'être arrêté par ordre supérieur,
on le conduit en prison.

PLUSIEURS VOIX,

Oh! oh!

UNE VOIX, des premières.

C'est une contrainte par corps.

UNE AUTRE VOIX,

Mademoiselle Djeck aura fait des lettres de change.

PLUSIEURS VOIX.

Qu'on nous rende notre argent.

TOUT L'AMPHITHÉATRE.

Oui, notre argent! notre argent! ou l'éléphant!

BOISSEC.

Il est sur l'affiche, il doit jouer!

FANFAN.

Le commissaire! le commissaire!

BOISSEC.

Laisse donc, le commissaire! c'est p't-être ben lui qui l'emmène à Sainte-Pélagie, l'éléphant.

FANFAN.

Faudra abattre un pan de muraille.

LE PARTERRE, en masse.

Notre argent! notre argent!

LE RÉGISSEUR, reparaissant.

Messieurs!

PLUSIEURS VOIX.

Silence! chut! chut! silence!

LE RÉGISSEUR.

Messieurs... (On siffle, on crie, on chante, on trépigne, on applaudit.)

UNE VOIX.

Notre argent!

UNE AUTRE VOIX.

Non! non!

PLUSIEURS VOIX.

Silence donc! laissez parler! silence!

LE RÉGISSEUR, quand le silence est rétabli.

Messieurs, la pièce de l'éléphant était annoncée, il est vrai; nous étions prêts à vous la soumettre, tous les acteurs sont habillés, mais le principal nous manque : l'acte d'autorité qui vous prive de sa présence est indépendant de notre volonté : souffrez que nous vous donnions en échange quelques nouveaux exercices!

PLUSIEURS VOIX.

Bravo! bravo! oui, les exercices.

D'AUTRES VOIX.

Non! notre argent! notre argent! (On siffle.)

LE PARTERRE, en masse.

Les exercices! les exercices! bravo! bravo!

(Le régisseur salue et se retire. Les spectateurs répandus dans le cirque, se placent sur la scène dont la toile reste levée; la trompette donne; les exercices recommencent; le silence se rétablit.)

SCÈNE III.

L'ÉGYPTIEN HABITT.

HABITT, LE NAIN LEACH, LES COMPÈ-
RES.

(Entrent les compères ivres.)

LES COMPÈRES.

Qu'.... qu'.. qu' mençons-nous, not' bourgeois?

HABITT, en colère.

Ivrognes! dans l'état où vous voilà! vous êtes
cause que j'ai mis sur l'affiche une bande et relâche.

PREMIER COMPÈRE, ivre.

Ah, ben! not' bourgeois.. v'là une idée.. en.. en
v'là une fameuse... idée, et... et... et j' m'en vante.

HABITT.

Oui, vantez-vous-en! en attendant, je vous re-
tiens sur vos gages la soirée que vous me faites
perdre.

DEUXIÈME COMPÈRE.

Ah! not' bourgeois', c'est pas jusse.

HABITT.

Comment! ce n'est pas juste.

TROISIÈME COMPÈRE, criant.

Non! c'est pas jusse!..... c'est pas jusse!...

HABITT.

Juste ou non, hors d'ici! allez cuver votre vin ailleurs. (Il les chasse.)

Tu disais donc, Leach, que tu avais pris un engagement avec le Cirque?

LE NAIN LEACH, avec une petite voix grêle, parlant très vite.

Oui! oui! oui! va, j'en sais faire des tours de force... et des farces donc!... il y a du génie dans cette tête-là...

HABITT.

Elle est assez grosse pour ça!

LE NAIN.

Pas de plaisanterie! je ne te crains pas!... j'ai les bras longs, va.. regarde plutôt! je suis physicien aussi, moi!... je descends d'Astaroth, du diable boiteux... je me fourrerais dans une bouteille!

(Entrent MM. de Polignac et Martainville à la tête de leur colonne, composée des ministres et des ambassadeurs. Ils reculent d'un pas en apercevant le nain.)

HABITT.

Messieurs, qu'y a-t-il pour votre service?

M. DE POLIGNAC.

Nous avons appris que le comité-directeur
était chez vous, il faut nous le livrer.

HABITT.

Voulez-vous me faire l'honneur, messieurs,
de me dire ce que c'est que le comité-directeur?

MARTAINVILLE.

C'est... un lutin... un démon, un hydre, un
polype... enfin, vous le connaissez; montrez-le
nous et mettez-le en notre pouvoir.

HABITT, qui a remarqué un signe d'intelligence de la part
du nain:

Je vois, messieurs, que la résistance serait
inutile; donnez-vous la peine d'entrer par ici et
de me suivre, je vous montrerai le comité-directeur. (Bas au nain.) Que faire?

LE NAIN, bas à Habitt.

Va-t'en, va-t'en! je leur en ferai voir de toutes
les couleurs, va, moi.., sois tranquille.

(Habitt sort tout-à-coup, et la colonne reste en présence
du nain.)

LE NAIN, partant d'un éclat de rire.

Attendez! attendez! je vais vous le montrer.

moi, le comité-directeur!... regardez-moi bien
en face... là... entre deux yeux.

(Tous fixent le nain, qui trace en l'air des signes cabalistiques... Leurs yeux finissent par s'appesantir.)

LE NAIN.

Suivez-moi maintenant : en route, en route
pour le grand voyage!

(Le nain se met en marche à leur tête.)

SCÈNE IV.

UNE RUE DE PARIS.

LES VOISINS.

(Ils paraissent à leur fenêtre, en bonnet de nuit, camisole,
pet-en-l'air. Il est une heure après minuit.)

LE PERRUQUIER, à la fenêtre.

Tiens, voisin, vous voilà aussi à la fenêtre!
Bon, et la petite modiste aussi! l'épicier, le rô-

tisseur ! il paraît que ce vacarme a effrayé tout
le monde.

LE PLATRIER.

Ne m'en parlez pas, je n'ai pu fermer l'œil
depuis.

L'ÉPICIER, bâillant.

M'ont-ils fait une belle peur !

LE RÔTISSEUR.

Ils étaient au moins une cinquantaine... gendarmes... mouchards... ils auront flairé du gi-
bier, c'est sûr...

LE PERRUQUIER.

Je sais, je sais ; depuis l'arrestation des soixante
voleurs, en donne-t-on des coups de peigne !...
les voleurs ne vont plus que par bandes,
dans Paris.... par bandes de mille.... quelquefois
deux mille...

L'ÉPICIER.

Ne faites donc pas des peurs comme ça !

LE PLATRIER.

Je n'ai pas entendu parler de ces soixante voleurs.

LE PERRUQUIER.

On l'a pourtant bien assez crié.... Dieu ! l'a-t-
on crié !.. comme autrefois, une victoire de la
grande-armée.

LA MODISTE.

Ah! mon Dieu seigneur! je n'oserai plus rester seule!

LE PERRUQUIER, vite.

Ah! laissez donc, voisine, c'est pour nous faire accroire que vous êtes seule dans ce moment... mais le voisin et moi nous savons ce dont il retourne.... c'est du cœur, cruelle!... et le joli petit brun donc!... et le grand blond!... et l'entre-deux, le roussin!... Il y en a bien un des trois dans la petite chambrette, n'est-ce pas, cruelle?

LA MODISTE.

Fi donc! monsieur, apprenez que je suis honnête.

LE PERRUQUIER.

Ça n'empêche pas! ça n'empêche pas!... voisin, et le commerce, les petits bons hommes de plâtre?... donne-t-on dans la bosse?

LE PLATRIER.

Pas plus que dans vos pots de pommade.

LE RÔTISSEUR.

Il est frit, le commerce; pas une soupe économique! on dit que c'est trop cher.

L'ÉPICIER.

Pas une chandelle! ils disent qu'y en a de trop.... des lumières.

LE PLATRIER.

Pas même un petit Reichstadt! ils prétendent
que c'est révolutionnaire.

LA MODISTE.

Et moi, pas un nœud, pas une faveur!...

LE PERRUQUIER, vite.

Ah! doucement, doucement... pas une faveur,
cruelle? vous n'en vendez pas quelques-unes, par
ci par là.... histoire de rire ?...

LA MODISTE.

Non! sur l'honneur, je n'en vends pas une
seule.

LE PERRUQUIER.

Vous les donnez donc ?

LA MODISTE, effrayée.

Ah mon Dieu! qu'est-ce que j'aperçois là-bas
à l'hôtel, à travers la fenêtre du premier?

L'ÉPICIER.

Ne faites donc pas des peurs comme ça!

LE PLATRIER.

Est-ce un homme, une statue, enfin, quoi?

LE RÔTISSEUR.

C'est rouge comme une écrevisse... et ça re-
mue.

LE PERRUQUIER.

Je sais, je sais... le voyageur de tantôt... il a

une grande robe écarlate... ça fait tout de même un drôle d'effet, la nuit, à la demi-lune; on dirait un damné, ou un diable.

LA MODISTE.

Chut! chut! il ouvre la fenêtre.

L'ÉPICIER.

Ne faites donc pas des peurs comme ça!

LE PERRUQUIER.

Si nous jacassons comme des pies, nous ne saurons rien... silence! il faut l'épier.

LE P. ROOTHAAM, à la fenêtre, réfléchissant.

Che Diavolo! che Diavolo!

LE PERRUQUIER, bas.

C'est le diable, je vous l'ai dit.

L'ÉPICIER.

Ne faites donc pas des peurs comme ça!

LE RÔTISSEUR.

Silence donc!

LE P. ROOTHAAM, sans oser lever la tête.

Jesou Maria! io credo qué il recommence lé brouit! c'est oun enfer qu'ouna capitale comme celle-ci.. les bons pères, ils me l'avaient bien écrit là-bas.., *vieni! vieni prestò!* la révolution elle menace; *vieni* à la tête *del* gouvernement.... *per* la conjourer... la conjourer!... *io no amo* les révoloutions... ouvertement... *io* il être bon à agir

dans l'ombre, dans la nouit, pas *al* grand jour. Ma
il papa, il l'a voulou, io souis venou, *to* ai vou et *io*
il en avoir assez. Si *io* il être venou avant la révo-
loution, bon... ou après, bon encore... mais pendant! mal, mal, mal!... avec ça qué la damizelle,
en descendant de la voitoure, où *io* avais passé la
nouit.. *diavolo!* ou na bien bonne nouit à côté d'elle,
io loui demande, à la damizelle, la route de Mont-
rouge, *ella* me répond : à la barrière de l'Enfer.
Io avais croù d'abord qu'elle plaisantait, la damizelle... comme dans la voitoure: *diavalo!* les bons
pères, à la barrière de l'Enfer!.. *io* avais eou peur
ensouite; et *per* ne pas être reconnou, *io* avais
quitté *la mia* grande robe noire, et *io* avais mis
ou na robe d'écarlate. C'est qué *il popolo* de la
France, il nous aime *piano... pianissimo...* s'il
nous aime! on m'appelle déjà coq rouge, on
m'appelerait bientôt coq...

LE PERRUQUIER.

D'Indé.

L'ÉPICIER.

Ne faites donc pas des peurs comme ça !

LE RÔTISSEUR ET LE PLATRIER.

Silence !

LE P. ROOTHAAM lève la tête, et apercevant toutes ces fi-
gures au clair de la lune, fait des signes de croix et mar-

8

motte des prières. Dans le même instant paraissent aux deux
extrémités de la rue la troupe de Vidocq et celle de Berbiguier qui, à la lueur des torches, conduit l'éléphant.

LE PERRUQUIER.

Les voilà ! les voilà !

LE P. ROOTHAAM.

Qu'ai-je vou ! *Jésou Maria!* tous les *diavoli* de
l'enfer ! quelles figoures de cannibales ! ils sont
des *carbonari*, des sans-culottes... *io avere* ouna
peur... *che diavolo!* oun éléphant !... c'est la révo-
loution incarnée! (Il se signe en tremblant.) *Pater noster
quoui es in cœlis....* (Il entend du bruit dans l'hôtel.)
Ils m'ont reconnou, c'est sour !... ils entrent *per
mi prenderé..* ah! *vade retrò, satanas!* (Il saute par
la fenêtre et aperçoit les deux troupes.) Entre deux feux !..
io souis perdou !...

LE PERRUQUIER, aux voisins.

Il a sauté, il est pris.

LE P. ROOTHAAM.

Dovè io mi cacher, *con la mia* robe d'écarlate !...
ah! si *io* avais sou !.. si la damizelle, dou moins,
elle était là...

CHODRUC DUCLOS, à une extrémité de la rue, parlant à
Berbiguier.

Je vous dis que ce n'est pas là le comité-directeur.

BERBIGUIER.

Si, c'est lui! je le reconnais; il a pris la forme
d'un éléphant, voilà tout.

DUCLOS.

Qui le prouvera?

BERBIGUIER.

Et lui donc! il avouera tout, laissez-moi faire.

DUCLOS.

Il n'avouera rien du tout.

BERBIGUIER.

On le mettra à la question.

VIDOCQ, à l'autre extrémité de la rue.

Vois un peu, Coco, ce que c'est pourtant que
la vertu! dès qu'il a paru sur le palier, comme
nous nous sommes tous inclinés!

COCO-LACOUR.

Moi d'abord j'ai porté la main à mon chapeau,
je ne sais comment.

VIDOCQ.

C'est bien beau, la vertu... changeons, eh?

COCO-LACOUR.

Si ça pouvait venir tout de suite, bon; mais
ça doit être bien long!...

LE P. ROOTHAAM. (Il se signe.)

Jésou Mariä! ils m'ont vou! *io no* dirai qui je

8.

souis... *ave*, *Maria*, *gratiâ plena*... (Les deux troupes se joignent.)

VIDOCQ, saisissant Roothaam.

Qui vive?

BERBIGUIER, de même.

Qui vive?

LE P. ROOTHAAM.

Grâtias! grâtias!

VIDOCQ.

Un habit tout écarlate!

DUCLOS.

Ce n'est pas naturel.

COCO-LACOUR.

Ça ne s'est jamais vu.

BERBIGUIER.

C'est le diable!

VIDOCQ.

C'est le comité-directeur!

TOUS.

C'est le comité-directeur!

LES VOISINS, des fenêtres.

Oui, oui, c'est le comité-directeur!

BERBIGUIER.

Eh non! le comité-directeur c'est l'éléphant.

(Paraît la maréchaussée, qui emmène Rothschild.)

LE COMMANDANT DE LA MARÉCHAUSSÉE.

Du tout, le voici, le comité-directeur.

BERBIGUIER, montrant l'éléphant.

C'est lui !

VIDOCQ, montrant Roothaam.

C'est lui !

LE COMMANDANT DE LA MARÉCHAUSSÉE, montrant
Rothschild.

C'est lui !

UN JÉSUITE.

Vous avez tous raison : ils sont trois et ne font
qu'un : deux hommes et un éléphant, cela fait un
comité-directeur.

LE P. ROOTHAAM.

Celoui qui a dit cela, il doit être oun jésouite.

(Les trois troupes se remettent en marche et prennent la direction de la police.)

LE PERRUQUIER, à la fenêtre.

Bonne nuit, voisine ! ne faites pas de mauvais
rêves... avec le petit brun... ou le grand blond...
ou l'entre-deux, le roussin...

LA MODISTE.

Bonne nuit, mauvaise langue !

LE PLATRIER, bâillant.

Bonne nuit !

LE RÔTISSEUR, de même.

Bonne nuit !

LE PERRUQUIER, avec intention.

J'aperçois un voleur !....

L'ÉPICIER.

Ne faites donc pas des peurs comme ça !

(Toutes les fenêtres se referment.)

FIN DU TROISIÈME ACTE.

ACTE QUATRIÈME.

SCÈNE PREMIÈRE.

LE GRAND VOYAGE.

LE NAIN LEACH, M. DE POLIGNAC, MARTAINVILLE, MINISTRES, AMBASSADEURS.

LE NAIN.

En route, en route pour le grand voyage!

SOUTERRAIN.

(Épaisses ténèbres. Les ministres et les ambassadeurs tremblans, se serrent, se pressent, en marchant, l'un contre l'autre.)

M. DE POLIGNAC.

Quelle nuit! quelles ténèbres!

M. DE LABOURDONNAYE.

Notre guide nous égare.

LE NAIN, éclatant de rire.

Ne me perdez pas de vue.

M. DE MONTBEL.

Eh! on n'y voit goutte!

M. DE BOURMONT.

Pas une issue... pas moyen d'échapper.

L'AMBASSADEUR D'ESPAGNE.

Ave, Maria pourissima! el souterrain il est froid comme la glace.

LE NAIN, riant aux éclats.

Bonne cave à mettre du vin.

M. DE MONTBEL, criant.

Ah!.... on m'a poussé!

TOUS, criant ; terreur panique.

Ah! ah! ah! ah! (Le nain éclate de rire.)

L'AMBASSADEUR DE PORTUGAL.

C'est ouna caverne de brigands!

L'AMBASSADEUR OTTOMAN.

Par Mahomet! je veux retourner à Stamboul; il y fait meilleur.

(On entend un bruit effroyable de chaînes, mêlé aux éclats de rire du nain.)

TOUS.

C'est notre dernier jour!

MM. DE BOURMONT, LABOURDONNAYE ET MARTAIN-
VILLE, se signant et se jetant à genoux.

Mon Dieu! je m'accuse....

TOUS.

Je m'accuse....

(Au même instant le souterrain paraît tout en feu : les ministres et les ambassadeurs s'envisagent avec effroi. Le nain
leur montre en riant la muraille : une main de feu y trace
avec une vélocité incroyable des signes cabalistiques, et
bientôt on distingue ces mots :

*Incapacité, nullité, folie, orgueil, cruauté,
trahison... gouvernement d'un peuple.*

Et plus bas :

Exécration publique.

(La main de feu poursuit et trace successivement une foule de
tableaux représentant des échafauds, des instrumens de supplices et des cadavres, avec des inscriptions désignant la
nature des crimes. Le nain cicérone se contente d'indiquer
du doigt chaque cadavre à côté de l'instrument de son supplice, selon la coutume de chaque pays, et lit tout haut
l'inscription seulement.)

— *Un gibet et un cadavre suspendu :*

LE NAIN, lisant tout haut l'inscription.

Traître à la patrie!

— *Un lacet et un cadavre étranglé :*

LE NAIN, lisant.

Traître à la patrie!

— *Des cendres et un bûcher fumant :*

LE NAIN.

Traître à la patrie!

— *Un bonnet rouge, un sarreau gris, une chaîne et un boulet :*

LE NAIN.

Traître à la patrie!

— *Une croix et un cadavre cloué :*

LE NAIN.

Traître à la patrie!

— *Un échafaud, une guillotine, une tête et un tronc :*

LE NAIN.

Traître à la patrie!

— *Un cadavre retiré, noirci, sans forme humaine, sur un gril rouge encore :*

LE NAIN.

Traître à la patrie!

— *Le fond de la mer, un sac cousu des deux bouts et un objet qui se débat :*

LE NAIN.

Traître à la patrie!

(La main de feu dessine ensuite une espèce de voirie à compartimens, puis un bourreau, qui place par catégories les pendus avec les pendus, les crucifiés avec les crucifiés, les troncs et les têtes avec les têtes et les troncs. Le nain fixe la troupe pétrifiée d'horreur, et part d'un éclat de rire : tout disparaît.)

LE NAIN.

En route, en route pour le grand voyage!

FORÊT.

On entre dans une forêt épaisse, où se répand un jour gris et verdâtre.)

LE NAIN, tout bas.

Par ici! par ici! siffle, souffle, crie, gémis dans

les feuilles, dans les branches, à leurs oreilles !

(Le vent siffle, la tempête s'élève, les arbres s'agitent, s'é-
branlent, s'entre-choquent. La voix de l'ouragan gronde,
des cris aigus et perçans se font entendre; et des nuées d'é-
mouchets, de chauves-souris, de hibous, de gnomes, vol-
tigent et passent en sifflant, avec des battemens d'aile, aux
oreilles de la troupe.)

PREMIER GNOME, sifflant et appelant.

Zt', zt', zt'!

DEUXIÈME GNOME, de même.

Zt', zt', zt'!

TROISIÈME GNOME, de même.

Zt', zt', zt'!

PREMIER ÉMOUCHET, sifflant et passant aux oreilles de
M. de Labourdonnaye.

Zt' sang!

DEUXIÈME ÉMOUCHET, de même.

Zt' sang!

TROISIÈME ÉMOUCHET, de même.

Zt' sang !

PREMIER HIBOU, passant et sifflant aux oreilles de M. de
Bourmont.

Zt' traître !

DEUXIÈME HIBOU, de même.

Zt' traître!

TROISIÈME HIBOU , de même.

Zt' traître !

PREMIÈRE CHAUVE-SOURIS, passant et sifflant aux
oreilles de Martainville.

Zt' vil !

DEUXIÈME CHAUVE-SOURIS , de même.

Zt' vil !

TROISIÈME CHAUVE-SOURIS , de même.

Zt' vil !

(Tous les gnomes, les émouchets, les hibous, les chauves-
souris, se réunissent et planent au-dessus de leurs têtes, en
murmurant ces paroles à voix basse.)

Bourreau, traître et vil,
Se rassemble,
Marche ensemble,
Bourreau, traître et vil,
Ça doit cuire,
Ça doit frire
Sur le même gril !

MM. DE BOURMONT ET LABOURDONNAYE, à genoux.

Voici notre heure..., mon Dieu, je m'accuse
d'avoir...

MARTAINVILLE.

Je m'accuse...

(Le nain part d'un éclat de rire, la forêt disparaît.)

LE NAIN.

En route, en route pour le grand voyage!

CIMETIÈRE.

(Nuit sombre.)

LE NAIN.

Chut! chut! chut!...

(On entend le tintement des cloches : à ce signal, toutes les
tombes, toutes les croix se renversent; les monticules, les
buttes de terre s'agitent, se dispersent; les os se choquent
avec bruit, et des milliers de têtes de mort, recélant des
flammes bleuâtres à la place où furent les yeux, roulent
en tout sens à travers le cimetière, viennent s'embarrasser
dans les jambes de la troupe épouvantée. Mais insensiblement ces têtes quittent le sol, s'élèvent majestueusement
comme des globes de feu et se posent sur le tronc debout
d'autant de cadavres qui bondissent, en hurlant, à travers le cimetière.)

RAVAILLAC, bondissant et hurlant.

Grace! grace de la roue! la mort! la mort!

DAMIENS, de même.

La mort! la mort! ou il n'y a pas de Dieu

MAZARIN, TERRAY, DUBOIS ET TOUS LES MAUVAIS
MINISTRES, de même.

L'Éternité! L'Éternité!

(Ravaillac, Mazarin, criminels, ministres réprouvés; tous
se rencontrent, se mêlent, se confondent, s'enlacent,
s'étreignent et roulent.)

LE NAIN, les touchant.

Par ici! par ici!

(Ils se relèvent tout-à-coup, et apercevant la troupe épouvantée que le nain leur indique du doigt, ils s'élancent en rugissant, s'enchaînent, enveloppent dans un large centre les
ministres et les ambassadeurs, et figurent une ronde, en
chantant et en hurlant:

RAVAILLAC, DAMIENS, CRIMINELS, chantant.

Le bourreau crie,
La roue tourne et crie,
Le patient crie
Et le peuple crie,
Crions!

CHŒUR GÉNÉRAL.

Crions!

(Tour de ronde.)

MAZARIN, TERRAY, DUBOIS, MINISTRES RÉPROU-
VÉS, chantant.

Les chiens rongent,
Les vautours rongent,
Les chancres rongent
Et les remords rongent,
Rongeons!

CHOEUR GÉNÉRAL.

Rongeons!

(Tour de ronde.)

(Pendant le tour de ronde paraît à la porte du cimetière un
cortége de jeunes filles en blanc, guidant la bière d'une
de leurs compagnes à sa dernière demeure. La ronde des
morts les aperçoit, la chaîne est rompue, tous se précipitent, s'abattent sur le cercueil comme un essaim noir de
corbeaux; les jeunes filles s'enfuient épouvantées, le cercueil est enfoncé; tous se ruent avidement sur le cadavre,
lui ouvrent le sein, en sucent le sang, se le disputent, le
déchirent, le démembrent et dévorent chacun un lambeau
de chair saignant... en grommelant:

Les chiens rongent,
Les vautours rongent,
Les chancres rongent
Et les remords rongent,
Rongeons!

MM. DE LA BOURDONNAYE ET BOURMONT, ils se jettent à genoux, ferment les yeux, se signent et joignent les mains.

Cette fois-ci notre heure est venue!

DE BOURMONT.

Mon Dieu! je m'accuse d'avoir, à Waterloo...

M. DE LA BOURDONNAYE.

Mon Dieu! je m'accuse de m'être, en 1815...

(Le nain part d'un éclat de rire, tout disparaît.)

LE NAIN.

En route, en route pour le grand voyage!

MARAIS.

Le nain monte, avec la troupe, sur une barque qui paraît immobile sur le marais stagnant. On n'entend que le sifflement monotone des crapauds et les plongeons des reptiles qui bientôt fourmillent dans la barque, rampent, glissent, s'insinuent et montent après leurs jambes, sur leurs cuisses, se perdent dans leur cou, dans leur poitrine. Les ministres et les ambassadeurs ne peuvent plus proférer un seul cri, restent sans voix, sans mouvement; une sueur froide découle de toutes les parties de leur corps; le râle du cauchemar s'empare bientôt d'eux.)

MARTAINVILLE, râlant.

Dieu!.... je sens.... se traîner.... sur ma poi-

9

trine... un ventre... froid!... ah!.. c'est un crapaud.
(Il râle.)

MM. DE LABOURDONNAYE ET BOURMONT, râlant.

Ah !... ah !... je... m'ac....cuse.... je... meurs....

(Râle général, mêlé au bruit des plongeons, des sifflemens
monotones des reptiles et des éclats de rire du nain. On
aborde, on descend, le marais disparaît.)

TOUS.

Grace! grace!

LE NAIN.

Non! mordicus! vous verrez le comité-directeur!

(Paraît tout-à-coup un précipice immense au fond duquel
on aperçoit vaciller une lueur. Le nain présente le bout
d'une corde très mince à Martainville et lui ordonne de
descendre le premier. Martainville tremble, refuse, le nain
lui jette la corde et le pousse dans l'abîme.)

LE NAIN.

En route, en route pour le grand voyage!

MARTAINVILLE, suspendu.

Ah! ah! par pitié, remontez-moi! seul!...
seul!... suspendu dans un abîme.... ma tête tourne, mes oreilles tintent... un étourdissement...
Dieu! quelle vitesse!.... l'abîme n'a donc pas de.

fond !... ah ! mes nerfs se tendent... mes doigts se raidissent.... une crampe horrible... la corde m'échappe !... non ! non ! du courage !.... où tomberais-je ?... je me briserais en bas... les infames ! ils ont ensemble conjuré ma perte... mon Dieu mon Dieu ! la corde casse ! (vite.) Mon Dieu ! pardonnez-moi toutes mes bassesses ! (Il ferme les yeux, mais soudain il pousse un cri de joie.) Terre ! terre !

(La corde remonte, les ministres et les ambassadeurs descendent tour-à-tour.)

SCÈNE II.

PRISON.

L'ÉLÉPHANT, ROTHSCHILD, ROOTHAAM.

LE P. ROOTHAAM.

Che diavolo! ils sont fous de *mi prendere per il* comité-directour.

ROTHSCHILD.

Et moi, est-ce que j'ai l'air d'un comité-directeur ? (montrant l'éléphant) et lui donc ?

9.

ROOTHAAM.

Loui *io* ; *no* dis pas *ma* moi, *il* général *dai* jésouites !

ROTHSCHILD.

Et moi, le roi des Juifs !

ROOTHAAM, moitié sérieux, moitié riant.

Il roi des Jouifs !.... allons ! vous plaisantez....
comme la damizelle... dans la voitoure...

ROTHSCHILD.

Parole d'honneur ! j'ai acheté l'ancienne Pales-
tine trois cent cinquante millions de piastres au
sultan Mahmoud. Je veux rebâtir Jérusalem, moi,
rétablir le temple de Salomon, donner au peuple
errant une patrie, faire mentir les prophètes !

ROOTHAAM, dans une sainte colère.

Mentir les prophètes, vous !... bâtir Jérousa-
lem, vous !... *il* temple *del* roi Salomon, vous !...
donner ouna *patria al popolo* errant, vous !...

ROTHSCHILD.

Oui, moi !

ROOTHAAM, furieux.

Jamais !

ROTHSCHILD.

Qui m'en empêchera ?

ROOTHAAM, plus furieux.

Jamais !

ROTHSCHILD.

Enfin, qui peut m'en empêcher?

ROOTHAAM, bondissant de fureur.

Je vous dis : jamais!... *per qué* les feux souterrains ils dévoreront pierre sour pierre.

ROTHSCHILD.

Contes que tout cela!

ROOTHAAM.

Vous n'avez pas Diou *per* vous peut-être?

ROTHSCHILD.

Non, mais j'ai de l'argent.

ROOTHAAM, les yeux étincelans.

Del argent! *del* argent!

ROTHSCHILD.

En vérité, je crois que vous êtes fou, père général... (L'éléphant rugit.) Et, tenez, vous impatientez notre compagnon d'infortune.

ROOTHAAM, radouci et tremblant.

Jésou Maria! il a faim peut-être! oun grand corps comme ça.

ROTHSCHILD, tremblant.

Ah ça, père général, allons-nous avoir peur! il faut de la présence d'esprit dans un pareil moment... elle a faim cette bête, c'est sûr... appelons! justement voici une sonnette! (Il sonne.)

ROOTHAAM.

C'est ouna prison de distinction.

(On entr'ouvre la porte et l'on passe une cruche, un pain noir
et trois portions dans trois assiettes. L'éléphant dévore tout
en un clin-d'œil.)

ROTHSCHILD, s'approchant de l'éléphant.

Dites donc, camarade, et nous?

ROOTHAAM.

Tiens, c'est vrai, et nous?

(L'éléphant cherche avec sa trompe et, ne trouvant plus rien,
agite la sonnette; personne né paraît : il entre en fureur,
lève sa trompe et arrache les barreaux de la fenêtre.)

ROOTHAAM, avec joie.

Bien! bien! ouna issoue!

ROTHSCHILD.

Vite, profitons-en.

(Ils veulent courir à la fenêtre, mais l'éléphant va s'appuyer
contre la muraille, les mesure des yeux en rugissant et
avance sa trompe.)

ROOTHAAM, criant.

Ah!... ce n'est pas assez de nos portions, il veut
nous avaler aussi !..

ROTSCHILD, avec effroi.

Père général, convertissez-moi !

ROOTHAAM, troublé.

Convertissons-nous !

(L'éléphant baisse sa trompe, en rugissant.)

ROTHSCHILD ET ROOTHAAM.

A la garde ! au voleur ! à l'anthropophage !

(L'éléphant les enlève l'un après l'autre avec sa trompe et d'une seule aspiration les engloutit. On arrive trop tard aux cris de Rothschild et de Roothaam.)

(Entrent Berbiguier, Duclos, Vidocq et Coco-Lacour.)

VIDOCQ, regardant la fenêtre.

Mon comité-directeur est sauvé.

COCO-LACOUR.

Et l'autre aussi...

DUCLOS, montrant l'éléphant.

Celui-ci leur a prêté son dos.

BERBIGUIER.

Il allait se sauver aussi par la fenêtre... lorsqu'il m'a aperçu...

VIDOCQ.

Il faut savoir où ils ont passé.

BERBIGUIER.

Interrogeons l'éléphant; qu'il fasse sa décla-
ration.

DUCLOS.

Consultons plutôt, d'abord, M. de Villèle.

VIDOCQ, donnant des ordres au dehors.

Qu'on double les postes, et que le comité-directeur soit gardé à vue!

(Ils sortent.)

SCÈNE III.

L'ENFER.

(Quand tous les ministres et les ambassadeurs sont descendus
au fond de l'abîme, le nain les pousse dans une espèce de
cage, part d'un éclat de rire et disparaît.)

TOUS, avec effroi.

Où sommes-nous?

M. DE LA BOURDONNAYE.

Dans les entrailles de la terre.

M. DE BOURMONT.

Il fait nuit ici comme dans la tombe.

MARTAINVILLE.

Je crois sentir encore le ventre froid de tous ces reptiles ramper sur ma poitrine.

M. DE CHABROL.

Que signifie cette muraille immense et rougeâtre qui s'élève là-bas devant nous ?

M. DE COURVOISIER, épouvanté.

C'est un reflet de l'enfer !

MM. D'HAUSSEZ, MONTBEL ET TOUS LES AMBAS-
SADEURS.

L'enfer !

M. DE POLIGNAC.

Ah ! pourquoi mon ambition m'a-t-elle porté au ministère ! pourquoi me suis-je compromis avec des êtres tarés, réprouvés dans l'opinion !... des hommes nuls !...

MM. DE CHABROL, D'HAUSSEZ ET MONTBEL.

Nuls !.. nous avons toujours reconnu la charte !

M. DE POLIGNAC.

Des fous !..

M. DE COURVOISIER.

Je n'ai jamais renié mon pays !

M. DE POLIGNAC.

Des traîtres !...

M. DE LABOURDONNAYE, à M. de Bourmont.

Ah! pour cela c'est vrai.

M. DE BOURMONT.

Est-ce moi qui ai décimé la France?

M. DE LA BOURDONNAYE.

Non! tu as préféré la vendre.

TOUS.

L'enfer! l'enfer!

L'AMBASSADEUR DE PORTUGAL.

Don Miguel qui m'avait promis *el* paradis.

L'AMBASSADEUR D'ESPAGNE.

Moi qui avais broulé dix mille cierges devant ouna madona *per* y monter.

L'AMBASSADEUR OTTOMAN.

Dieu est grand, Mahomet est son prophète, j'attends.

L'AMBASSADEUR D'ANGLETERRE.

Milord duc venir chercher moi jusque dans le enfer.

L'AMBASSADEUR D'AUTRICHE, flegmatiquement.

Moi je serai remplacé, voilà tout.

L'AMBASSADEUR D'ESPAGNE.

Mi Segnores, la sancta écritoura elle a dit qu'on pouvait couper et jeter *al* feu oun membre gangréné *per el* salout *de los otros*... S'il y a ici oun membre gangréné, qu'il se dévoue.

TOUS, à l'unanimité.

Martainville!

MARTAINVILLE, inspiré par la peur.

Eh bien oui, messieurs, je me dévoue! je m'enfonce, pour votre salut, dans cet épouvantable labyrinthe; je cherche, je découvre une issue, je vous rends l'espérance, le jour et la vie... ensuite, si bon vous semble, jetez-moi au feu comme un membre gangréné.

LES MINISTRES ET LES AMBASSADEURS.

Bravo! bravo!

(Martainville sort de la cage et va à la découverte.)

M. DE POLIGNAC.

C'est un rusé coquin! s'il trouve une issue, il n'aura garde de venir nous le dire...

M. DE BOURMONT.

Nous avons eu tort de le laisser sortir.

M. DE LABOURDONNAYE.

Si nous allions reconnaître les lieux nous-mêmes?

TOUS.

Allons!

(Dans le moment où ils se disposent à sortir de la cage, la grande muraille s'écroule avec un fracas épouvantable et l'enfer est devant eux. Des milliers de démons apportent, en dansant dans les flammes, des pots, des chaudières, des poêles, des grils, des broches, des haches, des couperets, et pendant que la graisse humaine fond dans des chaudières, d'autres démons amènent les victimes du repas que l'on prépare. On les saigne d'abord, leur sang est mis dans des cruches; puis on les coupe, on les taille, sous l'œil immobile de Satan, qui plane au-dessus de l'enfer avec ses ailes noires.)

M. DE POLIGNAC, avec horreur.

Ah! les malheureux! je les reconnais! voici Peyronnet, Corbière, Ravez, Pardessus !

M. DE LABOURDONNAYE.

Lourdoueix, Pain, Chazet, Briffaut, ce pauvre Trouvé... et ce cher Rives...

M. DE BOURMONT.

Le P. Ronsin, le P. Guyon !

M. D'HAUSSEZ.

Ce bénin Cottu et ce bon Madrolle!

M. DE CHABROL.

Laurentie, Récamier!

M. DE COURVOISIER.

Colnet et Genoude!

M. DE MONTBEL.

Draparnaud!

M. DE POLIGNAC.

Les malheureux! ils vont servir de pâture à

des anthropophages.... aux membres du comité-
directeur sans doute.

M. DE MONTBEL.

Des hommes!... voilà leur nourriture!...

M. DE LABOURDONNAYE.

Tuer, hacher, encore je ne dis pas... mais dévorer, cela soulève le cœur.

(Cris des victimes que l'on saigne, que l'on égorge, ou que l'on
assomme.)

M. DE POLIGNAC, dans la cage.

Voici Peyronnet en morceaux; qu'en vont-ils
faire?

PREMIER DÉMON, criant.

Chaudière bouillante!

M. DE BOURMONT.

C'est le tour de Récamier.

DEUXIÈME DÉMON.

Bœuf mode!

M. D'HAUSSEZ.

Madrolle.

TROISIÈME DÉMON.

A la vinaigrette!

M. DE MONTBEL.

Draparnaud.

QUATRIÈME DÉMON.

Sur le gril!

M. DE CHABROL.

Laurentie.

CINQUIÈME DÉMON.

Sauté à la poêle!

M. DE COURVOISIER.

Colnet.

SIXIÈME DÉMON.

Sauce piquante!

M. DE POLIGNAC.

Genoude et le P. Guyon.

SEPTIÈME DÉMON.

A la broche!

M. DE LABOURDONNAYE.

Ah mon Dieu!.. et ces pauvres censeurs....

HUITIÈME DÉMON.

A l'étouffée!

SATAN, qui plane au-dessus de l'enfer.

Un hachis du reste!

TOUS LES MINISTRES.

Quelle horreur!

(On entend le feu qui pétille, le bruit monotone des broches mêlé à celui des fritures, et les voix discordantes des démons qui chantent en travaillant.)

CHŒUR DES DÉMONS.

La chair humaine!
La chair humaine!
Morceau de Reine!
Mets des plus vantés!
Souvent sur terre,
L'on en voit faire
L'on en voit faire
Les meilleurs pâtés.

(Martainville paraît, arrivant de la découverte; les démons
s'emparent de lui et s'écrient :)

TOUS LES DÉMONS.

Il faut en faire un pâté!

(Et pendant que l'on met Martainville en hachis, le chœur
reprend :)

CHŒUR DES DÉMONS.

La chair humaine!
La chair humaine!
Morceau de Reine!
Mets des plus vantés!
Souvent, sur terre,
L'on en voit faire
L'on en voit faire
Les meilleurs pâtés!

TOUS LES MINISTRES, dans la cage.

Ce pauvre Martainville !

L'AMBASSADEUR D'ESPAGNE.

El membre gangréné, il est coupé et jeté *al* feu, nous sommes sauvés.

M. DE BOURMONT.

Pourvu que nous n'ayons pas le même sort.

M. DE LABOURDONNAYE.

Silence ! c'est fait de nous si l'on nous découvre.

MM. DE MONTBEL ET D'HAUSSEZ, tremblans.

Silence, par pitié !

L'AMBASSADEUR D'ESPAGNE.

Mais pouisque *el* membre gangréné il est coupé et jeté *al* feu, nous sommes sauvés.

(Une nouvelle horde de démons apporte une grande table dressée d'une manière bizarre. On y pose, en guise de vin, les cruches que l'on a remplies du sang des victimes. Paraissent alors les convives : ce sont tous les libéraux qui faisaient partie de la réunion, à la soirée de M. Laffitte. M. de Montlosier préside le festin. Les démons survident chaque mets dans des plats d'airain et les passent à des Circassiennes qui les servent aux convives. Satan, ses ailes noires étendues et l'œil immobile, plane toujours au-dessus de l'Enfer.)

M. DE POLIGNAC, dans la cage, voyant arriver les convives.

Les voilà! les voilà, les anthropophages! ne
l'ai-je pas dit! ce sont tous les membres de l'infame comité!

M. DE LABOURDONNAYE.

Mirabeau! Paul-Louis-Courier! Les morts et
les vivans se confondent!

M. DE MONTBEL.

Eh oui! *qui se ressemble s'assemble.*

MM. D'HAUSSEZ ET DE COURVOISIER, tremblant.

Silence donc, messieurs, si vous tenez à ne pas
être dévorés tout vifs!

L'AMBASSADEUR D'ESPAGNE.

Je vous dis que *el* membre gangréné il est
coupé, il est jeté *al* feu... nous sommes sauvés.

M. DE MONTLOSIER, prenant un plat des mains d'une
Circassienne.

Quel est ce plat?

PREMIÈRE CIRCASSIENNE.

Du *Cottu.*

M. DE MONTLOSIER.

Du *Cottu!* du *Cottu!* toujours du *Cottu!*

ÉTIENNE BÉQUET.

C'est fastidieux! nous en mangeons tous les
jours.

10

J. JANIN.

Et toujours à la même sauce.

M. DE MONTLOSIER, prenant un autre plat.

Et celui-ci ?

DEUXIÈME CIRCASSIENNE.

Du *Rives*.

SCRIBE.

Bien méchant plat !

TROISIÈME CIRCASSIENNE, servant.

Du *Draparnaud*.

VILLEMAIN.

Bien fade !

QUATRIÈME CIRCASSIENNE, servant.

Du *Colnet*.

ANDRIEUX.

Bien rance !

CINQUIÈME CIRCASSIENNE, servant.

Du *Madrolle*.

COUSIN.

Bien lourd !

SIXIÈME CIRCASSIENNE, servant.

Un pâté de *Martainville*.

TOUS LES CONVIVES, se levant.

Fi donc ! fi donc ! fi donc !

MASSON.

Il est tout noir !

ROMIEU.

Il mpe ste !

BOHAIN.

On le sent d'une lieue !

L'ABBÉ DE PRADT.

Il ferait reculer une procession !

TOUS LES CONVIVES.

Ah! pouah!

(On attaque les autres mets.)

M. DE POLIGNAC, dans la cage.

S'en donnent-ils, au moins, s'en donnent-ils !

M. DE LA BOURDONNAYE.

Les cannibales !

M. DE MONTBEL.

Et ce Mirabeau! voyez-moi un peu ce Mirabeau!... il ne mange pas, il dévore!... et ce Paul-
Louis !... va, va, étouffe, étouffe!...

M. DE BOURMONT.

En vérité, les morts sont plus affamés que les
vivans.

M. DE LABOURDONNAYE.

S'ils nous en passaient encore un petit peu...
nous mourons de faim...

10.

MM. DE CHABROL, DE COURVOISIER ET D'HAUSSEZ.

Mais silence donc, ou nous servons de plats à
notre tour !

L'AMBASSADEUR D'ESPAGNE.

Mais pouisque je vous dis : *el* membre gangréné
il est coupé et jeté *al* feu... nous sommes sauvés.

BÉRANGER.

A boire, Circassiennes, à boire !

TOUS LES CONVIVES.

A boire ! à boire !

(Les Circassiennes servent d'échansons. En un instant les cruches de sang sont vides.)

M. DE POLIGNAC.

Allons, du sang maintenant, du sang !

M. DE LABOURDONNAYE.

Qu'on s'étonne après cela s'ils en vomissent.

MM. DE MONTBEL ET D'HAUSSEZ.

Vous tairez-vous, intrépides bavards !

L'AMBASSADEUR D'ESPAGNE.

Mais pouisque je me toue de vous dire que *el*
membre...

EUGÈNE DE PRADEL.

Vive l'enfer !

TOUS LES CONVIVES.

Vive l'enfer !

CHŒUR DES CONVIVES.

(1) Vive l'enfer où nous irons,
       Venez, filles
          Gentilles !
       Nous chanterons,
          Rirons,
          Boirons,
    Et toujours lurons,
       Nous serons
          Ronds !

CHŒUR GÉNÉRAL DES CONVIVES, DES DÉMONS, DES
      CIRCASSIENNES ET DE SATAN.

    Vive l'enfer où nous irons,
       Venez, filles
          Gentilles !
       Nous chanterons,
          Rirons,
          Boirons,
    Et toujours lurons,
       Nous serons
          Ronds !

(Au signal de Satan, les convives se lèvent et se confondent
    avec les Circassiennes et les démons.)

   M. DE POLIGNAC, tremblant dans sa cage.
Ciel ! ils tournent les yeux de ce côté !

_____

(1) Refrain d'une chanson connue.

M. DE LABOURDONNAYE, tremblant.

Ils éclatent de rire!

M. DE BOURMONT.

Ils nous montrent du doigt!

MM. D'HAUSSEZ, DE CHABROL ET MONTBEL, tremblant et faisant le signe de la croix.

De profundis clamavi...

L'AMBASSADEUR D'ESPAGNE.

Mais pouisque *el* membre gangréné...

M. DE LABOURDONNAYE, à genoux, fermant les yeux et
se signant.

N'importe; mon Dieu! je m'accuse de m'être,
en 1815...

M. DE BOURMONT, de même.

Mon Dieu! je m'accuse d'avoir à Waterloo...

(Satan abaisse son vol, touche du bout de son aile noire les
démons, les Circassiennes et les convives; tout est réduit en
cendres, le feu s'éteint, l'enfer disparaît.)

M. DE LABOURDONNAYE.

Dieu merci! nous l'échappons encore une fois.

L'AMBASSADEUR D'ESPAGNE.

Je vous l'ai dit : *el* membre gangrené il était...

M. DE POLIGNAC.

Oui, mais il s'agit maintenant de sortir de ce
maudit enfer.

M. DE LABOURDONNAYE.

Le nain me le paiera cher!...

M. DE BOURMONT.

Il faudra nous venger sur le comité-directeur... s'il est trouvé.

M. DE CHABROL.

Mais pour cela il faut sortir.

M. D'HAUSSEZ.

Moi, je meurs de faim !

M. DE MONTBEL.

Et nous donc !

M. DE COURVOISIER.

Je sens d'ici le pâté de Martainville...

TOUS.

Où est-il? où est-il ?... cherchons-le.

M. DE POLIGNAC.

Les anthropophages l'ont rejeté avec horreur.

M. DE BOURMONT.

Ils sont bien dégoûtés !

M. DE MONTBEL.

Eh oui, tiens, *ventre affamé n'a pas d'oreilles.*

(Ils sortent de la cage, et, guidés par l'odeur du pâté, le trouvent, se précipitent dessus et le dévorent.)

M. DE LABOURDONNAYE.

Nous allons empester, maintenant.

M. DE BOURMONT.

Nous empestons bien déjà.

LE NAIN, paraissant tout-à-coup.

Bah! un peu plus, un peu moins!...

(Il part d'un éclat de rire, les touche d'une baguette; ils se réveillent tous chez Habitt.)

LES MINISTRES ET LES AMBASSADEURS, se réveillant.

C'est un rêve!...

(Le nain disparaît; ils se retirent tout honteux, en jurant de se venger sur le comité-directeur.)

SCÈNE IV.

RUE SAINT-DOMINIQUE, N. 23.

UN CABINET.

M. DE VILLÈLE, seul.

La colonné dé Polignac né paraît pas.... est-cé qué l'enchantur les aurait escamotés!... ça sé-

rait dommagé.... c'étaient dé bons enfans... ils mé
faisaient régretter.... Qu'importé, je les rempla-
çérai facilement : pour un ministèré, quelques
hommes dé plus ou dé moins.... il y en a tant qui
font que üe... occupons-nous du principal, du comité-directur. Ils en avaient arrêté trois; ils disent qué dux ont disparu.... Eh bien, c'est un si-
gné manifesté qué célui qui est resté, c'est lé
véritablé comité-directur. Il a pris la formé d'un
éléphant, par lé systèmé de la métempsycosé...
Qu'importé! jé lé mets en accusation aujourd'hui,
et on lé jugéra démain.. C'est moi qui vux êtré
lé président dé la cour criminellé, et les juges
qué jé nommérai jugéront d'après ma con-
cience... ça sé fait toujours comme ça.... Mais,
pour la formé, il sérait bon dé l'interroger au-
paravant.

(Entrent MM. de Bourmont, Labourdonnaye et Martainville,
furieux.)

M. DE LABOURDONNAYE.

C'est nous qui l'interrogerons! et je jure ici
que nous l'enlacerons dans tant de replis que,
fût-il blanc comme un... cygne, nous le rendrons
noir comme.... notre ame... Et puis le jugement,
l'exécution, nous sommes vengés.... et la patrie
est sauvée!

M. DE BOURMONT ET MARTAINVILLE.

Et la patrie est sauvée!

M. DE VILLÈLE.

Bravo! sandis, bravo! la patrié! la patrié!...
c'est cé qué jé mé dis tous les jours... la patrié!..
allez, allez l'interroger, le comité-directur... cé
chez Labourdonnaye! cé cher Bourmont, cé
cher....

(MM. de Labourdonnaye, Bourmont et Martainville sortent.)

SCÈNE V.

MM. DE LABOURDONNAYE, BOURMONT, MARTAINVILLE, CUVIER.

M. DE LABOURDONNAYE, sortant de chez M. de Villèle.

Ah! vous voilà, mon cher Cuvier! comme cela
se trouve bien... nous avons besoin de vous. Le
comité-directeur est trouvé enfin... et arrêté.

M. CUVIER, avec onction.

La vertu sera donc bientôt vengée!

M. DE BOURMONT.

Oui, et nous aussi.

M. DE LABOURDONNAYE.

Nous allons l'interroger; mais vous entendez bien, mon cher ami, qu'il nous faut un savant cicérone comme vous. Il paraît qu'il n'est pas mince le comité-directeur; c'est, dit-on, l'éléphant du Cirque : nous n'en connaissons pas toutes les propriétés; et pour pouvoir, en l'interrogeant, saisir le côté faible...

M. DE BOURMONT.

Le prendre au défaut de la cuirasse.

MARTAINVILLE.

En sous-œuvre.

M. CUVIER, avec onction.

J'entends, il faut que je vous en fasse la description. Je vous l'expliquerai comme les vertus théologales.

M. DE LABOURDONNAYE.

Ce bon, ce vertueux Cuvier!

(Tous les quatre entrent à la préfecture.)

SCÈNE VI.

ENTRAILLES DE L'ÉLÉPHANT.

ROTHSCHILD, LE P. ROOTHAAM.

ROTHSCHILD, appelant.

Père Roothaam! père Roothaam!

ROOTHAAM, gémissant.

Eh bien!

ROTHSCHILD.

M'entendez-vous?

ROOTHAAM.

Pouisque *io* vous réponds.

ROTHSCHILD, gémissant.

Ah! misérable! voilà bien le reste! une extinction de voix!.... j'ai tant crié, tant appelé!... et vous, donc!

ROOTHAAM.

Ils ne nous ont pas entendous.

ROTHSCHILD, donnant un coup de désespoir.

Je crois bien ; à travers des parois comme
celles-là !

ROOTHAAM.

Il faut espérer comme Jonas, *o morire.* Nous
nous sommes confessés moutouellement ; *io* vous
ai donné l'absoloution à vous ; tou me l'avez
donnée à moi...

ROTHSCHILD.

Ah ! oui, un coup fourré !...

ROOTHAAM, résigné.

Eh bien, nous sommes prêts *al morire.*

ROTHSCHILD, se frappant le front.

Juste dans le moment où j'allais relever un
trône.

ROOTHAAM.

Et *io* qui n'en avais plous qu'oun tout *piccolo*
à renverser....

ROTHSCHILD, désespéré.

Mourir ! mourir !.... Ah ! père Roothaam, une
idée ! avez-vous déjà fait des miracles ?

ROOTHAAM.

Si, ma pas tout seul.

ROTHSCHILD.

Je vous servirai de compère.

ROOTHAAM.

Io ai bien guéri par ci par là oun malade qui
se portait bien, ressouscité oun mort qui n'était
pas mort; *ma io no* ai jamais fait digérer oun
homme per oun éléphant.

ROTHSCHILD.

Essayez, de grace, essayez; et si vous me ressuscitez, si vous me rendez au jour, à la vie enfin, je vous abandonne la moitié de mon royaume
de Jérusalem.

ROOTHAAM, riant.

Ouna bicoque.

ROTHSCHILD.

Comme il était autrefois.

ROOTHAAM.

Et *il tempo* de le rebâtir, et les feux souterrains!

ROTHSCHILD.

Mais la valeur en argent...la valeur en argent,
tout de suite en sortant,

ROOTHAAM, les yeux brillans.

En argent! en argent!... la moitié d'oun
royaume!.... tout de souite!...(Il cherche de tous côtés.)
Et rien!... rien!... pas oun pauvre pétit miracle!
(il pleure) et la moitié d'oun royaume... et en argent encore!...

ROTHSCHILD.

J'étouffe! pas de jour, pas d'air! Ce maudit animal le fait exprès, je crois. (En fureur.) Qué diable! on donne de l'air à ses poumons!... ça nous en donnerait aussi à nous!...

ROOTHAAM, pleurant.

Oun royaume en argent!

ROTHSCHILD.

Doucement, doucement, père jésuite, j'ai dit la moitié.

ROOTHAAM.

La moitié?.. ah! *io* ai crou oun tout entier.... excousez la doulour.... ouna idée! ouna idée! avez-vous oun couteau?

ROTHSCHILD, après avoir cherché.

Non.

ROOTHAAM.

Pas *il* moindre pétit couteau... oun rien quoi... ouna idée de couteau... oun oustache?

ROTHSCHILD, brusquement.

Eh non, vous dis-je!

ROOTHAAM, pleurant.

Pas oun pauvre couteau soulement...... *per* fendre le ventre à ce glouton!..

ROTHSCHILD.

Vous êtes fou, père Roothaam! il faudrait une hache pour une masse pareille.

ROOTHAAM, pleurant.

Oun royaume en argent!

ROTHSCHILD.

La moitié, la moitié d'un.

ROOTHAAM.

Est-ce la moitié? (Pleurant et se dépitant.) Eh bien! avec nos ongles déchirons-loui les boyaux!

ROTHSCHILD.

Le tuer, n'est-ce pas?.. pour sortir plus vite!.. 'honneur, vous perdez la tête, père général. Et vos miracles! c'est comme cela que vous en faites, des miracles? vous savez encore bien votre métier, vous!

ROOTHAAM.

Des miracles... des miracles... il faut bien des choses *per* en faire des miracles... et quand tout il n'est pas là sous-la main. (S'arrachant les cheveux et pleurant.) Oun royaume en argent !

ROTHSCHILD, impatienté.

La moitié, encore un coup, la moitié!

ROOTHAAM, pleurant.

Ah! ah! oui, oun royau... la moitié, la moitié

d'oun... et combien elle rapportera la moitié
d'oun royaume ?

ROTHSCHILD.

Calculez; la moitié de trois cent cinquante
millions de piastres.

ROOTHAAM, se meurtrissant le visage, se roule et pleure.

Cent soixante-quinze millions de piastres
Jesou Maria! tous ces malhours ils sont faits
pour mbi! avec cent soixante-quinze millions de
piastres, j'aurais insinoué des bons pères de la
sancta compagnie jousqué dans le cœur dou
plou mince village. L'ounivers il aurait été bientôt tout jésouite, et autour de notre trône à nous,
il ne se serait plous élevé l'ombre même d'oun autre
trône, *ousquè ad consommationem sæcouloroum.*

ROTHSCHILD, désespéré, saute à la gorge de Roothaam.

Eh bien, malheureux!... tu ne trouves donc
rien?....d'abord il m'en faut un.... miracle!

ROOTHAAM.

Et... il m'en faut bien oun à moi aussi... mais
rien!... rien!... n'espérons plous que dans la digestion... elle sera longue, pénible...

ROTHSCHILD.

Mais si le travail de l'estomac opère sur nous,
qu'allons-nous devenir? la digestion..., à quoi
nous réduira-t-elle? nous nous convertirons

11

en... Ah! malheureux! malheureux! sots et mau-
dits paysans! maudit animal!

ROOTHAAM.

Chout! chout!... encore ouna aspiration...
l'animal il avale encore.

ROTHSCHILD.

Encore un compagnon d'infortune!

ROOTHAAM.

Ouna autre aspiration.

ROTHSCHILD.

Allons, deux!

ROOTHAAM.

Ouna troisième aspiration.

ROTHSCHILD.

Trois!

ROOTHAAM.

Ouna quatrième.

ROTHSCHILD, furieux.

Quatre... et deux font six!... six malheureuses
victimes de la gloutonnerie!

ROOTHAAM, aux nouveau-venus.

Qui êtes-vous?

MM. LABOURDONNAYE, BOURMONT, CUVIER, MAR-
TAINVILLE, d'une voix éteinte.

Des hommes morts.

M. DE BOURMONT, d'une voix éteinte.

Qui nous adresse la parole? avec qui avons-nous du moins la consolation de nous rencontrer?

ROTHSCHILD.

Avec Rothschild Ier, roi des Juifs.

ROOTHAAM.

Et *il* général *dai* jésouites, Roothaam.

MARTAINVILLE.

J'aurai un prêtre à mes derniers momens !

ROTHSCHILD.

Comment vous appelez-vous ?

M. DE LABOURDONNAYE.

Labourdonnaye, ministre de l'intérieur.

M. DE BOURMONT.

Bourmont, ministre de la guerre.

M. CUVIER.

Cuvier, directeur de l'académie...

MARTAINVILLE.

Martainville, directeur du Drapeau-Blanc.

ROOTHAAM.

Vous êtes de bons compères, *per* oun miracle?

TOUS.

Oui, oui.

ROOTHAAM.

Eh bien! conjourons *per* sortir de ces horribles flancs.

MARTAINVILLE.

Visitons les lieux ; justement j'ai ma bougie et
mon briquet phosphorique.

ROTHSCHILD.

Comment nous y reconnaître?

M. DE BOURMONT.

Nous avons notre cicérone.

M. DE LABOURDONNAYE.

Le voici... ce cher Cuvier... quelle bonne idée j'ai eue de l'amener...

M. CUVIER.

Vous appelez cela une bonne idée? si vous n'en avez jamais de meilleures...

ROOTHAAM.

Commençons la visite. *Il signor* Couvier, il expliquera.

M. CUVIER, d'un ton de voix onctueux.

Messieurs,

La vertu devant toujours être le guide insépa-rable et l'âme de toutes nos actions, la source pure vers laquelle elles doivent toutes remonter, je prends la liberté de vous prévenir avant de commencer la description de notre sépulture, autrement dit des entrailles ou viscères de cet animal, que s'il venait à se rencontrer quelques objets dont les noms consacrés par l'usage pus-sent être susceptibles de blesser l'oreille chatouil-

leuse de la pudeur et des bienséances, je m'ar-
rêterai chaque fois pour méditer et essayer de les
diriger vers votre intelligence, en les entourant
de voiles honnêtes.

TOUS, applaudissant comme à l'académie.

Bravo! bien, très bien!

M. CUVIER, avec onction.

Messieurs,

Le tombeau vivant dans lequel nous gémis-
sons ensevelis, appelé communément mademoiselle Djeck, et que j'appelerai, moi, la Djeck,
outre sa qualification de comité-directeur qu'il
mérite à tant de titres; la Djeck est un éléphant
d'Asie, *elephas indicus*, plus docile que l'éléphant d'Afrique, *elephas capensis*. Et d'abord,
messieurs, une circonstance qui m'étonne au dernier période, c'est l'impossibilité physique où se
trouvait la Djeck de nous engloutir: car remar-
quez tout là-bas, combien est étroite, *angusta*,
l'ouverture de la bouche; ce qui me donnerait à
penser que la mâchoire pourrait bien être douée
d'une vertu d'élasticité méconnue jusqu'à ce
jour.

ROOTHAAM.

Ce qui m'étonne bien plous, c'est qu'il nous
ait avalés en ouna soule aspiration.

M. DE LABOURDONNAYE.

Au fait, il aurait pu nous broyer.

M. CUVIER, avec onction.

Impossible, messieurs; car, malgré la frayeur
qu'ont pu vous inspirer les deux énormes dents
molaires, à couronnes plates, que vous aperce-
vez là-bas dans la mâchoire, elles ne sont propres à broyer que des matières végétales, telles
que rameaux, feuillages, plantes, herbes, fruits,
racines sauvages, etc. Notre étonnement ne doit
donc pas provenir, messieurs, de l'entier état de
conservation avec lequel nous sommes parvenus
jusqu'ici, mais de l'impossibilité physique d'y pé-
nétrer par un passage aussi étroit que celui de
ces mémorables Thermopyles, où tant de Spar-
tiates vertueux...

ROTHSCHILD.

Mais six hommes en quelques minutes... c'est
exorbitant.

M. CUVIER, avec onction.

Eh! messieurs, imaginez qu'un éléphant
coûte environ sept cent francs de nourriture par
jour à son cornac; car, outre les plantes et les

fruits qu'il mange dans l'état sauvage, on le
nourrit, une fois privé, de... (il rougit.) Permettez-
moi de méditer un instant.... on le nourrit....
d'é... d'échauffans, comme sucre, poivre, gin-
gembre, arak... et de muscade, dont l'odeur lui
est aussi agréable que celle de la vertu doit l'être
à tous ceux....

M. DE BOURMONT.

Voilà donc pourquoi nous tenons tous si à
l'aise dans ces maudites entrailles?

M. CUVIER, avec onction.

Vous le voyez : les intestins de l'animal sont
longs et amples comme ceux de tous les herbi-
vores. Le premier objet et le plus apparent qui
se présente, messieurs, c'est le *colon*, qui prend
naissance sous le *rein* gauche, et s'amincissant
pour s'élargir et s'amincir de nouveau, parcourt
ainsi toute la longueur de l'éléphant, en passant
par l'*hypogastre* que voici et l'*ileon* que voilà, puis
vient descendre et aboutir à... (Il rougit.) Permet-
tez-moi de méditer un instant... il descend et
aboutit à... à l'*anus* (Il rougit.) , et dans cet endroit
forme la partie appelée le... (il rougit) le... *rectum*
(il rougit). Maintenant voici l'*estomac* et ses *tuni_
ques*, le *pylore*, le *foie*, partagé en deux *lobes*, le
pancréas, les *poumons*, dont chacun n'a qu'un

lobe, et le grand... le grand... (il rougit) le grand...
cul-de-sac, qui se termine en une pointe composée de *tuniques* beaucoup plus épaisses que celles
du reste de l'*estomac*. Viennent ensuite les deux...
mamelles de la poitrine avec leur deux... *mame-
lons*... plus loin voilà le *cœur*, qui est rond et de
même dimension en tout sens; puis nous voici
au-dessus de.... du... (il rougit) permettez - moi,
messieurs, de méditer...

TOUS.

Allez, allez toujours... cela devient fastidieux!

M. CUVIER.

Au-dessus du... (il rougit) du cli... *clitoris*, (il
rougit) qui s'étend le long de la... (il rougit encore.)

MARTAINVILLE.

Allez donc! allez donc! est-ce qu'on doit rougir comme cela! voyez, moi, est-ce que je rougis
jamais? je ne rougis plus, moi.

M. CUVIER, continuant.

Le... *clitoris*... (il rougit) qui s'étend le long de
la... (il rougit) le long de la... *vulve* (il rougit),
sous le va... *vagin*, (il rougit) et le va... *vagin*,
qui s'étend lui-même depuis la... la *vulve* jusqu'au..
(il rougit) jusqu'au *pubis*... endroit très sensible,
messieurs, mais moins encore que la *trompe* de
l'animal, qui craint beaucoup pour cette espèce

de main dont l'amputation lui causerait la mort.
Aussi a-t-il soin, à l'approche du danger, de la
replier en spirale au-dessus de sa tête et de présenter en avant ses défenses.

ROOTHAAM.

Bien, bien; *ma al* bout de tout cela, nous ne
trouvons pas ouna issoue.

M. CUVIER, avec onction.

Il en existe bien deux; d'abord celle par laquelle nous sommes entrés; mais, pour espérer
d'en obtenir le passage, il faudrait un état ma-
ladif de l'animal... quelques nausées... six suffi-
raient... mais il n'est guère probable...

ROOTHAAM.

En ce cas, l'autre issoue.

M. CUVIER.

C'est la seule qui nous reste. (Soupirant) Il faut
bien que je vous l'explique, mais je crains que
la pudeur, les bienséances, la vertu...

ROTSCHILD.

Des bienséances! des bienséances! dans le ventre d'un éléphant?...

ROOTHAAM.

Songeons à notre salout.

MM. DE BOURMONT, LABOURDONNAYE, MARTAIN-

VILLE.

C'est le principal.

M. CUVIER, rougissant et soupirant.

Eh bien donc, puisqu'il le faut!... messieurs, comme il est reconnu que la Djeck appartient au genre et au sexe féminin, il résulte que l'issue la plus naturelle est la v... *vulve*, qui est placée très bas sous le ventre comme... vous... voyez (il rougit). Cette ouverture étant douée, comme chez tous les animaux femelles, d'extension et d'élasticité, elle deviendra bientôt assez grande pour nous livrer passage l'un après l'autre, à l'aide de nos efforts combinés avec les efforts pénibles de l'animal ; ce sera comme un accouchement laborieux, comme un enfantement au milieu des douleurs et des rugissemens...

ROOTHAAM.

Quand donc il aura liou, l'enfantement?

M. CUVIER, avec onction.

Il faut attendre encore. Nos corps entiers n'étant pas susceptibles de subir le travail de l'estomac, comme la nourriture ordinaire qui est sujette à la mastication, à la triturition, il s'ensuit que l'animal fatigué, tourmenté bientôt d'un poids lourd et incommode, voudra s'en débarras-

ser, et, Dieu aidant, les efforts de l'animal et les
nôtres seront couronnés d'un plein succès....
comme la vertu... qui, après avoir résisté long-
temps aux tentations perfides de l'enfer, finit par
triompher... c'est ce que je nous souhaite!...

TOUS, respirant.

Amen!... tenons-nous maintenant sur le qui-
vive.

FIN DU QUATRIÈME ACTE.

ACTE CINQUIÈME.

SCÈNE PREMIÈRE.

LE TÉMOIN A CHARGE, ADÈLE.

LE TÉMOIN A CHARGE, s'éveillant en sursaut.

J'étais sûr que j'en rêverais!... il me semblait
les voir courir devant moi, et je les appelais :
Bourmont! Labourdonnaye! Cuvier! Martainville!.. c'est un rêve!.. Au fait, que sont-ils deve-
nus? on les a criés, on les a affichés partout...
rien!... disparus!... Bourmont, cela ne m'étonne
pas, l'habitude ; Martainville, cela ne m'étonne
pas non plus, l'attraction... mais Labourdonnaye!
mais Cuvier!... (Appelant.) Adèle! Adèle!

ADÈLE, accourant.

Ah! vous voilà enfin éveillé, paresseux!

LE TÉMOIN À CHARGE.

Adèle, Adèle, quelle heure est-il ?

ADÈLE.

Dix heures bientôt.

LE TÉMOIN A CHARGE, sautant à bas de son lit.

Et c'est à onze qu'on le juge! vite, allons, vite!
Adèle, ma chemise chocolat.

ADÈLE.

Un moment donc... et le déjeuner que je soi-
gne.

LE TÉMOIN A CHARGE.

Comme tu es longue à tout ce que tu fais.

ADÈLE.

Toujours des reproches! je n'ai déjà pas assez
de mal avec toi, n'est-ce pas? c'est gentil de faire
de sa maîtresse une servante.

LE TÉMOIN A CHARGE.

Je te paie assez pour ça.

ADÈLE.

Ouiche! cent francs par mois, c'est-il pas le
Pérou! Charles m'en faisait cent cinquante, lui.

LE TÉMOIN A CHARGE.

Va le retrouver, ton Charles.

ADÈLE.

Et un chef de division m'en propose deux
cents.

LE TÉMOIN A CHARGE.

Et tu hésites ?

ADÈLE.

Non, je n'hésite pas, je refuse, parce que j'ai trop d'attachement pour vous, ingrat ! (Elle pleure.)

LE TÉMOIN A CHARGE.

Eh bien, puisque tu as de l'attachement pour moi, vite, allons vite, cette chemise chocolat... et le pantalon fauve... voyons donc, Adèle, un peu plus de vivacité... et ce déjeuner est-il prêt ? dépêchons ! dépêchons... puisque tu as de l'attachement pour moi.

ADÈLE, pleurant.

Et j'en serai la victime ; je mourrai à la peine !

LE TÉMOIN A CHARGE.

En attendant... déjeunons ; sers-moi donc, Adèle !

ADÈLE.

Vois un peu s'il ne faut pas que j'aie de la force et du courage pour deux !... car enfin, si je ne remuais pas... je ne sais pas ce que tu ferais...

LE TÉMOIN A CHARGE.

Rien, rien sans toi, ma pauvre Adèle ; voyons, la paix ; et déjeunons ! l'heure presse, je devrais être déjà à la police ; c'est là qu'on doit le juger.

Ma déposition sera d'un fameux poids, va, dans la balance de la justice.

ADÈLE.

Que t'a-t-il fait, ce pauvre animal?

LE TÉMOIN A CHARGE.

A moi? rien du tout; mais ils disent tous que c'est le comité-directeur!

ADÈLE.

Et tu es assez borné pour donner là dedans, toi, un garçon d'esprit!

LE TÉMOIN A CHARGE.

Je ne donne dans rien du tout; je fais mon état, moi; l'on me paie pour être témoin à charge, je dépose... c'est ma partie, je ne connais que ça... je déposerais contre le diable!... contre toi, tiens.

ADÈLE.

Cette pauvre bête, qui nous a fait tant de plaisir au cirque! elle était si intéressante!... moi d'abord, je l'ai applaudie...

LE TÉMOIN A CHARGE.

Et moi donc... à tout rompre... j'en pleurais de joie... mais, vois-tu, aujourd'hui, il y a des momens pour la sensibilité... cela vous prend comme un accès, ce n'est pas l'état naturel... et dans ce moment-ci... je suis dans mon état naturel.

ADÈLE.

Qui doit soutenir l'accusation?

LE TÉMOIN A CHARGE.

Ah! ma chère, un enragé!... monsieur Cottu... si le comité-directeur en réchappe...

ADÈLE.

Que dira-t-il donc de si extraordinaire, ce M. Cottu?

LE TÉMOIN A CHARGE.

Ce qu'il dira? c'était bien beau, va, l'année dernière et l'année d'avant, ce qu'il dira...

ADÈLE.

C'est donc toujours la même chose?

LE TÉMOIN A CHARGE.

Oui, c'est son uniforme des fêtes.

ADÈLE.

Aura-t-il au moins un défenseur, ce pauvre animal?

LE TÉMOIN A CHARGE.

Un défenseur! je n'en jurerais pas... Les portes de l'audience ne seront pas ouvertes au public, ce sera presque un huis-clos; le comité-directeur doit être jugé... en famille; de manière que s'il en réchappe on pourra crier au miracle. Pas une voix ne s'élèvera pour le défendre, mille s'élèveront pour le condamner.

ADÈLE.

Cependant... pour la forme...

LE TÉMOIN A CHARGE.

Oui, pour la forme, un défenseur d'office....
encore un membre de la famille.... ce sera pour
l'achever.

ADÈLE.

Le malheureux!

LE TÉMOIN A CHARGE.

Vite, Adèle, partons; ma canne en fer et mon
manteau écossais... toi, ton schall et ton chapeau;
vite, partons... et tu redeviens maîtresse, de servante que tu étais.

SCÈNE II.

COUR DE LA PRÉFECTURE DE POLICE.

(Une queue de populace devant la salle d'audience où doit
être jugé le comité-directeur.)

UN HOMME DU PEUPLE.

Voyons, père Fiart, quelle heure qu'il est à
votre bassinoire?

12

LE PÈRE FIART, tirant sa montre.

Onze heures frappées... mes chers amis!

PREMIÈRE FEMME DU PEUPLE.

C'est ça, j'entrerons pas.

DEUXIÈME FEMME DU PEUPLE.

Toujours ed' même; on croque le marmot pendant des heures... et puis bonsoir les voisins...

LE PÈRE FIART.

All' n' s'ouvrira pas, allez, la salle... alle est pleine comme un œuf.

UN HOMME DU PEUPLE.

C'est malin, ils ont des portes de derrière.

LE PÈRE FIART.

Avec ça qu'ils disiont, eux autres, qu'à cette fois gn'y aura dans les tribunes qu' des vieilles bigotes.

UN HOMME DU PEUPLE.

Oui, du faubourg Germain.

PREMIÈRE FEMME DU PEUPLE.

Jamais de place pour el' pauvre peuple.

LE PÈRE FIART.

Dieu de Dieu! et dire comme ça qu'on peut pas avoir un brin ed' jouissance dans la vie!

DEUXIÈME FEMME DU PEUPLE.

Laissez donc, y a la Grève! ce n'est pas à nuit-close, la Grève, c'est public...

UN HOMME DU PEUPLE.

Oui, s'il est condamné.... s'il est condamné..

LE PÈRE FIART.

Ah ben oui! le plus souvent qu'il le sera... j'aurons pas assez ed' bonheur pour ça!

PREMIÈRE FEMME DU PEUPLE.

Eh ben, allons d' viser à la Morgue, y a un cadavre tout frais d'à c' matin. Dieu! le beau cadavre!...

LE PÈRE FIART.

Si j'avions pas d' spectacle gratis comm' ça ed' temps en temps, gn'y aurait d' plaisir qu' pour les riches! J' vas toujours voir el' cadavre.

TOUS.

A la Morgue! à la Morgue!

SCÈNE III.

TRIBUNAL MINISTÉRIEL.

AUDIENCE EXTRAORDINAIRE.

PRÉSIDENCE DE M. DE VILLÈLE.

(La plupart des personnes qui faisaient partie de la réunion générale de la police, improvisés juges par M. de Villèle, ont pris place auprès de lui. Les tribunes sont occupées par des dames respectables, en chapeaux, en béguins et en cornettes. Toutes les physionomies offrent un aspect sombre et sévère.)

M. DE VILLÈLE, nasillant et accentuant.

Huissier, vous avez eu bien soi*n* dé ne laisser entrer qué ç*ux* qué jé vous ai récomma*n*dés.

L'HUISSIER.

Oui, monsieur le président.

M. DE VILLÈLE.

Faités l'appel.

L'HUISSIER.

M. l'avocat ministériel contre le comité-directeur.

M. DE VILLÈLE.

Qu'on *introduisé* l'accusé.

(L'éléphant paraît escorté d'une douzaine de coupe - jarrets qui sont prêts à l'abattre, au moindre mouvement de fureur. Il salue toute l'assemblée avec sa trompe.)

M. DE VILLÈLE.

Mo*nsiu* lé rapport*ur* Génoudé a la parole.

GENOUDE, rapporteur.

« Ce io*vrd*'hvi nevfuiesme iour de décembre
« mil - qvatre - uingt - qvinze, onzième siècle, à
« dovze hevres dv matin, à la reqvête de messire
« Cottv, auocat ministériel, messire comité-direc-
« tevr présent en icelle covr, sovs le nom de la
« damoizelle Djeck et la forme d'vn éléphant,
« est accvsé d'auoïr, depvis le commencement du
« monde jvsqv'à ce io*vrd*'hvi, dirigé contre le
« trône et l'avtel conspirations, entreprises,
« proditions, ligves et traictéz, povr réparation
« desqvels crimes, dont témoins enqvis déposé-
« ront, ledit messire Cottv reqviert contre ledit

« messire comité-directevr qv'il soit condamné
« d'avoir la teste tranchée svr vn eschaffavt.

> « Faict de Paris le hvitième
> « iovr de décembre, mil-qva-
> « tre-uingt-qvinze, onzième
> « siècle. »

M. DE VILLÈLE, à l'éléphant.

Votré nom?... votré nom?... est-cé qué vous
êtes sourd?... jé vous démandé votré nom?...
comité-directur, entendez-vous? (Criant.) jé vous
démandé votré nom, sandis!...

M. DE MONTBEL.

Il a l'oreille dure.

M. DE VILLÈLE.

Non, il y met dé l'ostination.

M. D'HAUSSEZ.

La frayeur le rend peut-être muet.

M. DE VILLÈLE.

L'émotion lui ôté put-êtré l'açent... hurusé-
ment qué nous lé savons, son nom... mais tout-à-
l'huré, quand il séra rémis, s'il né répond pas,
jé fermé les yux pour né pas lé voir et jé lé condamné par défaut... en attendant, huissier, appé-
lez les témoins.

(L'huissier appelle les témoins, qui viennent déposer au nombre de trois cents.)

(Entrent MM. Pardessus, Sirieys de Mayrinhac et Laboulaye.)

M. DE VILLÈLE.

Lévez la main. Vous jurez dé diré la vérité, touté la vérité, rien qué la vérité?

M. PARDESSUS.

C'est selon.

M. DE VILLÈLE.

Cé n'est pas répondré franchément, céla s'appellé biaiser... jé m'y connais.

M. COTTU.

Répondez catégoriquement.

M. DE VILLÈLE.

Jé réitéré la question, jurez-vous dé diré la vérité, touté la vérité, rien qué la vérité?

M. PARDESSUS, faisant la même réponse.

C'est selon.

M. DE VILLÈLE.

A la bonne huré.

TOUS LES JUGES.

A la bonne heure.

M. DE VILLÈLE.

Qué savez-vous sur lé compté de l'accusé?

M. PARDESSUS.

C'est lui qui a germé la révolution, enfanté Robespierre et Marat.

M. SIRIEYS DE MAYRINHAC.

C'est conséq... (se reprenant) considérable, le nombre de crimes qu'il a commis.

M. DE LABOULAYE.

Il a armé et dirigé les bras de Ravaillac et de Caïn.

M. DE VILLÈLE.

Lé témoin a raison ; un autur l'a dit :

Si Caïn tua son frèré,
C'est la fauté..... du comité-directur.

LES TROIS CENTS, étendant la main.

Nous le jurons !

M. DE VILLÈLE, à l'éléphant.

Avez-vous quelqué chosé à diré pour votre défensé?... il paraît qué l'açent n'est par révénu... monsiu l'avocat ministériel a la parole.

M. COTTU, se levant.

« Messieurs,

« Je l'ai dit vingt fois, je ne saurais trop le ré-
« péter, je l'ai répété l'année dernière, je le répète
« cette année, je le répéterai jusqu'à satiété ; il
« existe des gens impatiens de toute supériorité,
« de toute domination, *dont les intéréts sont de*
« *faire disparaître tout ce qui s'élève au-dessus*
« *d'eux*, qui entretiennent incessamment un dé-
« sir opiniâtre de nivellement général ; *nous les*

« avons vus à l'œuvre; les exils, les confisca-
« tions, les prisons, les échafauds, les massa-
« cres, ne leur ont pas manqué!... qu'ont-ils fait
« de tout cet enfer!... ils ont détruit, détruit, dé-
« truit, et ils veulent encore détruire, détruire,
« détruire, et ils détruiront, détruiront, détrui-
« ront, si l'on n'en appelle à la force, si l'on ne
« donne à l'univers un exemple éclatant et salu-
« taire. Soyons tous convaincus de cette nécessité,
« il faut agir enfin, autrement, dans l'état des
« choses, une explosion est inévitable. Il faut
« combattre aujourd'hui que les masses sont
« encore attachées au repos, que nulle part il
« n'existe aucune force autour de laquelle les
« révolutionnaires puissent se rallier. Il faut les
« attaquer bravement, pendant qu'ils ne peuvent
« pas se défendre. Il n'y a plus de salut pour
« l'autel et le trône que dans la guerre et la vic-
« toire; ou bien qu'ils s'écroulent, nous ne de-
« mandons pas mieux, mais avec fracas, et non
« comme des masses pourries et vermoulues.

« Donnons, donnons, donnons donc, je le ré-
« pète, un exemple éclatant à l'univers. Entrons
« en lice; dès notre début dans la carrière, ajus-
« tons, ajustons l'idole droit au cœur; et anéan-
« tissons l'ame de ces associations infernales, en

« frappant, frappant, frappant de mort le comité-
« directeur ! »

M. DE VILLÈLE.

Comité-directur, avez-vous un défensur?

ADÈLE, à demi-voix, d'une des tribunes.

Pauvre bête! non, elle n'en a pas.. ils le savent
bien.

LE TÉMOIN A CHARGE, à Adèle.

Veux-tu bien te taire... tu vas être sensible à
présent!... il ne faut jamais se distinguer.

M. DE VILLÈLE.

Il né répondra pas!... il en a sans douté fait
lé serment.

M. FRANCHET.

C'est pour ne pas nommer ses complices.

M. DELAVAU.

Il faut tout bonnement l'appliquer à la question.

M. DE VILLÈLE.

Alors il parléra put-êtré. Huissier, qu'on pré-
paré la question!.. en attendant, et par uné favur spécialé, nous allons lui nommer un défensur d'office.

ADÈLE, au témoin à charge.

Tu l'as bien dit; ce sera pour l'achever.

LE TÉMOIN A CHARGE.

Tu es unique, ma parole d'honneur! écoute ces dames, et imite-les.

(Pendant que les juges vont aux voix, les conversations s'établissent dans les tribunes, entre les membres... de la famille.)

UNE VIEILLE, en chapeau.

Enfin notre triomphe se prépare! que lui fera-t-on à ce monstre?

UNE VIEILLE, en cornettes.

On devrait inventer des supplices pour tous ces libéraux.

UNE VIEILLE EN BÉGUIN.

Jacobins! madame, dites Jacobins!... moi d'abord, le supplice de Ravaillac et de Damiens me semble trop doux pour eux.

LA VIEILLE EN CHAPEAU.

Il faudra l'appliquer d'abord à la question.

LA VIEILLE EN CORNETTE.

L'écarteler ensuite... à quatre chevaux.

LA VIEILLE EN BÉGUIN.

Moi je voudrais qu'on le mît seulement sur la roue et qu'on lui donnât comme cela de petits coups... pendant une journée... et le coup de grace... quand il serait mort! (Soupirant.) Mais on se bornera à la guillotine...

LA VIEILLE EN CHAPEAU.

En sortant, j'irai louer une fenêtre à la Grève.

LA VIEILLE EN CORNETTE.

Et moi aussi.

LA VIEILLE EN BÉGUIN.

Moi, j'en louerai une pour moi toute seule....
je n'aime pas à faire partager mes plaisirs...

LA VIEILLE EN CHAPEAU.

Mais un instant, mesdames, il faudra d'abord
aller à la messe le matin.

LA VIEILLE EN CORNETTE.

Et à confesse, pour n'avoir pas d'attaques de
nerfs.

LA VIEILLE EN BÉGUIN.

Ah! moi, je ne suis pas si sensible, j'ai toujours eu les yeux et le cœur secs.

ADÈLE, indignée, les larmes aux yeux.

C'est une horreur!.... ah! je ne voudrais pas
changer ma réputation...., *entamée* comme elle
est, contre *leur* réputation *tout entière.*

LE TÉMOIN A CHARGE.

Tu vois bien que tu te distingues.

LA VIEILLE EN CHAPEAU.

Pourvu qu'on ne lui nomme pas un défenseur
timide et sensible.

LA VIEILLE EN CORNETTE.

Au lieu de l'accabler il le tirerait d'affaire.

LA VIEILLE EN BÉGUIN.

Tous ces hommes, ça vous a un cœur!

M. DE VILLÈLE.

Lé tribunal nommé pour défendré le comité-directur monsiu Délavau.

LES TROIS VIEILLES et toutes les douairières des tribunes, avec joie.

Ah! ah! ah! ah!

ADÈLE, avec désespoir.

Il est mort!

(L'éléphant caresse avec sa trompe tous ceux qui l'environnent.)

M. DE VILLÈLE.

Monsiu lé défensur Délavau a la parole.

(Mais des cris se font tout-à-coup entendre : un homme force la consigne des gardes, et, pénétrant dans la salle, se précipite au cou de l'éléphant qu'il embrasse en pleurant, sans pouvoir proférer une parole. L'éléphant éprouve un tremblement de joie universel; de grosses larmes tombent de ses yeux, et, entourant avec sa trompe le corps de son ami, il regarde fixement les juges : mouvement dans l'assemblée.)

M. DE VILLÈLE.

Insolent! qui êtes-vous?

LE CORNAC, avec force.

Son ami! son Cornac! son défenseur! oui, c'est
moi, moi qui le défendrai! c'est un droit que
vous ne pouvez me refuser... je le réclame à la
face du ciel!

M. DE VILLÈLE.

Et qui vous le refuse?... c'est de toute justice;
parlez.

LE CORNAC.

« Eh bien! j'ai appris qu'on avait juré sa mort,
« et je viens savoir quels crimes on ose lui im-
« puter! Que son accusateur paraisse, et je le con-
« fonds, et je le déclare infame! il en a menti par
« la mort!.... Non, ma pauvre Djeck! tu n'es
« pas coupable! je n'ai pas même le meurtre d'un
« homme à te reprocher. Jeune encore, je t'ai
« tirée des forêts de Siam, et depuis lors nous
« sommes inséparables! Tu as nourri ma femme,
« tu as nourri mes pauvres enfans! tu es notre
« bienfaiteur, notre gagne-pain! Prudente, gé-
« néreuse, douce, équitable, tu n'as que des ver-
« tus en partage, et l'on ose t'imputer des cri-
« mes! Ah! pourquoi t'ai-je arrachée de ces im-
« menses forêts où tu vivais sauvage et libre!
« pourquoi t'ai-je livrée aux bourreaux d'un
« peuple policé! On t'eût divinisée à Siam, on

« t'eût adorée! mais va, ma pauvre Djeck, si la
« pitié, si la justice sont ici sans pouvoir, si le
« cri de la nature rebondit sur ces cœurs insen-
« sibles comme sur les échos stupides de nos fo-
« rêts, va, ma pauvre amie, nous mourrons en-
« semble! c'est la dernière faveur que j'implore
« de tes juges impitoyables! Que me resterait-il
« après toi?... ma pauvre femme, mes pauvres
« enfans mourront sur le coup!... »

(Il se précipite en pleurant au cou de l'éléphant, et l'embrasse.)

M. DE VILLÈLE.

La cause est entendue... qu'on fasse retirer cet
homme.

(Les gendarmes s'avancent; mais l'éléphant, attirant son cornac contre sa poitrine, lève sa trompe d'un air menaçant
et rugit. Mouvement dans l'assemblée.)

M. DE VILLÈLE.

Cornac, vous serez cause de quelque malheur,
de la mort put-être de votre cliente! je vous invite à vous retirer, si vous ne voulez pas perdre
tout espoir.

LE CORNAC, avec transport.

Je pourrais la sauver!... ah! je me retire... va,

va, sois tranquille, ma pauvre Djeck! apaise-
toi, calme ta fureur, je reviendrai bientôt.

(Le cornac sort avec assurance ; l'éléphant le regarde, poussé
un gémissement aigu et redevient paisible.)

M. DE VILLÈLE, à l'éléphant.

Êtes-vous *enfin* décidé à parler, comité-directur? l'açent est-il révénu?... prénez gardé, la
question... la torturé.... Cépendant jé vux bien
encoré, par favur, employer *un* dernier *moyen*
avant célui-là.... lé grand moyen du onzièmé
sièclé... d'aujourd'hui. Huissier! qu'*on* apporte
un goupill*on*!

(MM. de Courvoisier, Cottu, Berbiguier de Terre-Neuve s'a-
vancent, prennent tour à tour des mains de l'huissier le
goupillon qu'ils trempent dans un vase, et exorcisent l'é-
léphant avec une dignité patriarcale. L'éléphant pousse
des cris, des rugissemens, et aussitôt une masse tombe sous
son ventre.)

M. DE VILLÈLE.

C'est cé cher Labourdonnaye!

LES JUGES ET LES VIEILLES.

Miracle! miracle!

(Nouvel exorcisme, nouvel enfantement.)

M. DE VILLÈLE.

Cé cher Bourmont.

LES JUGES ET LES VIEILLES.

Miracle!

(Troisième aspersion, troisième enfantement.)

M. DE VILLÈLE.

Cé bon Cuvier!

LES JUGES ET LES VIEILLES.

Miracle!

(Quatrième exorcisme, quatrième et cinquième enfantement.)

M. DE VILLÈLE.

Lé roi des Juifs!

LE P. RONSIN.

Et notre père général!

LES JUGES ET LES VIEILLES.

Miracle! miracle! miracle!

MARTAINVILLE, criant à l'ouverture.

Messieurs! aidez-moi donc, je ne passerai jamais!

M. DE VILLÈLE.

Eh mais c'est la voix dé cé diablé dé Martainvillé!

M. DE LABOURDONNAYE.

Il faut le laisser; il paiera pour tous!

M. DE BOURMONT.

Nous sommes sauvés, c'est l'essentiel.

MARTAINVILLE, dans le ventre de l'éléphant.
Et c'est moi qui vous ai aidés à sortir...

ROOTHAAM.

En ce cas, il pout bien s'aider loui-même.

(Les cris de Martainville s'affaiblissent insensiblement, et il
reste seul englouti.)

M. DE VILLÈLE.

Accumulation dé pruves contré le comité-directur!.. flagrant délit!.. La cause est entendue...
jé récuillé les voix dans les yux dé mes collègues... ainsi, messiurs, jé prononcé :

« Entré lé procvrvr ministériel, messiré Cottv,
« démandvr en cas dé crimé dé. lizé-portéfville
« ov patrié, d'vné part, et messiré comité-direc-
« tvr, dit damoizellé Djeck, deffendvr et accvsé,
« d'avtré part;

« Veu lé procéz extraordinairément faict à la
« réquesté dvdit messirré Cottv, procvrvr minis_
« tériel, à l'encontré dvdit comité-directur, in-
« formations, interrogations, dénégations, con-
« frontations, confessions des témoins enqvis,
« interrogé lé comité-directvr, qui s'est opiniâtré
« à né pas desserrer les dents; ovy les conclvsions
« dvdit procvrvr ministériel, et tovt considéré....
« Nous, commissairés, députéz par la patrié, fai-

« sant droit sur les conclvsions dvdit messiré
« Cottv, auons déclaré lé dit comité - directvr at-
« tainct et conuaincv dé crimes dé lèze-portéfvillé
« et patrié, povr réparation desquels crimes,
« l'auons priué dé tovs honnvrs et dignitéz, et
« l'auons condamné d'auoir la têté trenchéé dé-
« main, svr un eschaffavt extraordinairé, veu la
« grossvr de l'accvsé, eschaffavt qui, povr cet ef-
« fet, séra dressé en la placé dé Grêvé dé cetté
« uillé. »

(M. de Villèle et tous les juges se lèvent majestueusement; on
reconduit l'éléphant, qui, en passant, caresse tout le monde
avec sa trompe. Les vieilles sortent en se signant, la joie
peinte dans les yeux et le front rayonnant.)

SCÈNE IV.

PLACE DE GRÈVE.

(Appareil d'une dimension colossale, dressé de plain-pied.)

LA VIEILLE EN CHAPEAU, LA VIEILLE EN CORNETTE, LA VIEILLE EN BÉGUIN,

13.

aux fenêtres; LE PÈRE FIART, MARCHANDS DE COCO, LOUEUSES DE CHAISES ET DE BANCS; FASHIONABLES, HOMMES ET FEMMES DU PEUPLE.

UNE LOUEUSE.

Voici des chaises, voici des bancs! qui veut des chaises? qui veut des bancs?

UN MARCHAND DE COCO.

A la fraîche qui veut boire?

PREMIER OUVRIER.

De d'puis quand est-ce qu'on exécute des animaux?

DEUXIÈME OUVRIER.

De d'puis qu'on est éclairé, vois-tu; on a reconnu que les animaux ce n'était ni plus ni moins que des hommes comme nous.

TROISIÈME OUVRIER.

Ça sera curieux tout d'même.... v'là pourtant encore une journée de perdue...

UNE LOUEUSE.

Voici des chaises! qui veut des chaises?

LA VIEILLE EN CHAPEAU, d'une des fenêtres.

Quelle foule! on ne voit plus les parapets!

LA VIEILLE EN CORNETTE.

Et ce toit, là-bas.... ne dirait-on pas une fourmillère!

LA VIEILLE EN BÉGUIN.

Je rirais bien s'il enfonçait.

UN MARCHAND DE COCO.

A la fraîche qui veut boire?

UN ENFANT, entraînant le père Fiart.

Viens donc vite, grand-papa, si tu veux que
je voie tomber la tête.

LE PÈRE FIART.

Sûrement que je l' veux... Eh ben, quoi, nous
v'là sur la place?

L'ENFANT.

Ah ben, faut louer une chaise comme à l'autre
fois.

· LE PÈRE FIART.

Une chaise! une chaise!.... ça coûte...

L'ENFANT.

Ah! grand-papa, toi qui as tant de jolis petits
jaunets... et puis, avec cette foule, j'étoufferai,
moi.

UNE LOUEUSE.

Voyons, montez, montez!

LE PÈRE FIART.

Combien vos chaises, la maman?

LA LOUEUSE.

Trois francs, tout au plus juste..

LE PÈRE FIART.

Trois francs!... A *Daumas-Dupin* je n' les ons

payées que trente sols, et à *Bélan*, le charcutier, vingt sols.

LA LOUEUSE.

Dam', c'est qu'à cette fois.... la tête est plus grosse...

LE PÈRE FIART.

C'est donc hors de prix, les têtes, à présent!

LA LOUEUSE.

N' m'en parlez pas.... ça sera ben pis... à la prochaine fois... trois d'un coup.... *Chandelet*, *Bardou* et *Guérin*... profitez vite du bon marché..

L'ENFANT.

Ah oui, grand-papa!

UN MARCHAND DE COCO.

A la fraîche! à la fraîche!.. qui veut boire?

UN FASHIONABLE.

Dis donc, Louchon, quand le comité-directeur arrivera, pousse-moi bien fort sur ce monsieur... je lui *ferai* sa montre et sa tabatière.

UNE FEMME.

Monsieur, quand la tête sera pour tomber, voudrez-vous lever mon enfant?

UN MARCHAND DE COCO.

A la fraîche! à la fraîche! qui veut boire?

UN HOMME DU PEUPLE.

Voici le sapin du rapporteur.

(La foule se presse en tumulte.)

UN LOUEUR.

Des chaises! qui veut des chaises? dix sols!
plus rien que dix sols! montez pour dix sols!

LA FOULE.

Ah! le voici! le voici!

(*L'éléphant paraît escorté du bourreau, des gen-*
darmes et de la multitude; il salue la foule,
caresse avec sa trompe ceux qui l'entourent,
et marche paisiblement au lieu du supplice;
mais tout-à-coup le cornac se précipite, se
prosterne devant lui avec le désordre du déses-
poir, et par ses gestes et ses prières il cher-
che à lui faire comprendre qu'il ne doit pas
avancer. L'éléphant, qui s'est mépris, saisit
le cornac avec sa trompe, et le plaçant sur son
dos, poursuit sa route, en offrant à toutes les
femmes les fleurs qu'il a prises, sur son pas-
sage, dans la corbeille d'une bouquetière. Ar-
rivé devant l'appareil, le cornac veut se pré-
cipiter de nouveau pour défendre son ami ou
mourir avec lui : on l'arrache de l'échafaud;
alors le bourreau s'avance, assujettit et fixe la
tête de l'éléphant entre deux énormes étaux;
l'animal est paisible encore; mais un pres-
sentiment lui fait tout-à-coup replier sa trompe

en spirale; il rugit, et rassemblant toutes ses forces pour délivrer son cou des deux étaux qui le gênent, il ébranle tout l'appareil. Martainville, qui seul est resté englouti dans les entrailles, repoussé violemment vers la mâchoire par cet effort extraordinaire, passe tout-à-coup sa tête hors de la bouche de l'animal, qui, débarrassé à l'instant même des deux étaux, se recule; le couteau tombe, et au lieu de la tête de l'éléphant c'est la tête de Martainville qui est abattue. Aussitôt arrive un courrier porteur de l'ordre du sursis à l'exécution de l'éléphant.... La nouvelle d'un changement complet de ministère circule, s'accrédite, et bientôt le peuple se complaît à proclamer tout haut les nouveaux élus :

MM. DE CHATEAUBRIAND, D'AMBRU-GEAC, CASIMIR-PERRIER, DE BROGLIE, DUPONT-DE-L'EURE, HYDE-DE-NEUVILLE, ROYER-COLLARD, DE St-CRICQ ET DE BELLEYME.

FIN DU CINQUIÈME ET DERNIER ACTE.

SOUS PRESSE.

LE VILAIN

ou

LA FRANCE AU ONZIÈME SIÈCLE,

2 VOLUMES IN - 12,

par

JULES SCANDINAVE.

Ouvrages du même auteur à paraître incessamment.

L'EXCOMMUNIÉ,

ROMAN HISTORIQUE, 4 VOLUMES IN-12.

LES REVERBÈRES,

CHRONIQUES ET TABLEAUX DE MOEURS

DU DIX-NEUVIÈME SIÈCLE.

LE CARQUOIS AUX CENT FLÉCHES,

par N. L., 1 vol. in-18,

En vente